中国古典名著译注丛书

詩品譯注

〔梁〕钟　嵘　著　周振甫　译注

中华书局

图书在版编目（CIP）数据

诗品译注/（梁）钟嵘著；周振甫译注. —北京：中华书局，
2017.9（2024.5 重印）
（中国古典名著译注丛书）
ISBN 978-7-101-12625-9

Ⅰ.诗… Ⅱ.①钟…②周… Ⅲ.①古典诗歌-诗歌理论-中
国②《诗品》-译文③《诗品》-注释 Ⅳ.I207.22

中国版本图书馆 CIP 数据核字（2017）第 136581 号

书　　名	诗品译注	
著　　者	〔梁〕钟　嵘	
译 注 者	周振甫	
丛 书 名	中国古典名著译注丛书	
责任印制	管　斌	
出版发行	中华书局	
	（北京市丰台区太平桥西里 38 号　100073）	
	http://www.zhbc.com.cn	
	E-mail:zhbc@zhbc.com.cn	
印　　刷	三河市宏盛印务有限公司	
版　　次	2017 年 9 月第 1 版	
	2024 年 5 月第 5 次印刷	
规　　格	开本/880×1230 毫米　1/32	
	印张 3⅜　插页 2　字数 75 千字	
印　　数	14001-17000 册	
国际书号	ISBN 978-7-101-12625-9	
定　　价	15.00 元	

目　　录

2

前　言

《诗品》的笺注和研究

钟嵘《诗品》有陈延杰《诗品注》，有《跋》，称："唯明胡应麟《诗薮》，辩证至数十则，皆玩而核实者。其后王士禎著《诗话》，极论其品第之间，多所违失。""惟觉曹瞒之悲壮，彭泽之豪放，当列上品，与阮亭若甚符合。其余各家，不劳改置，差可为定品焉。"《跋》作于1925年7月。陈注于下品戴逵条注，称《诗品》有脱文，无评戴逵语，家藏明抄本不脱，用补其缺。陈注改《诗品序》为《总论》。注后附录《诗选》，选《诗品》所评各家诗。后附《南史·钟嵘传》及《跋》。又有古直《钟记室诗品笺》，作于1925年冬。未刻。见陈延杰《诗品注》，即在《发凡》之末，指出陈注之疏。陈注草创，不免有疏。古直论陈注之疏写于1927年冬。1928年，在上海聚珍仿宋印书局制版。古笺不用陈注《总论》，称《诗品序》。有《发凡》，评论《诗品》。对《诗品》脱文不补。《诗品笺》出版后，人民文学出版社于1961年10月出版陈延杰《诗品注》，《出版说明》称："注本前曾由开明书店出版，最近注者吸收他人所提意见，在旧注的基础上作了较全面的订补，由我社重排印行。"陈注已经补正了初版的疏漏。

1948年6月，上海开明书店出版钱钟书先生《谈艺录》，有《诗品之品第陶诗》节，对《诗品》之品陶有所论述，足正注家维护《诗品》品陶之失。1984年，中华书局出版钱先生补订本《谈艺录》，于目录中删去《诗品之品第陶诗》，以附于《陶渊明诗显晦》节，复有补订。1979年，中华书局出版钱先生《管锥编》，有专论《诗品》章节，发各家之所未备，极为精辟。

1987年10月，复旦大学中文系文学研究所魏晋南北朝文学批评专业，王运熙教授指导博士生曹旭作《钟嵘诗品研究》，有《钟嵘身世考》、《诗品版本源流考》、《钟嵘诗品校考》、《诗品品语发微》、《诗品东渐及对日本和歌理论的影响》等章节。曹旭博士作《钟嵘身世考》，曾亲至河南颍川长社遍访耆旧，觅得钟家所藏《钟氏家谱》，考明钟嵘身世。曹旭博士的《诗品版本源流考》，"寻访版本于海内，书函商榷于东瀛，旁搜远讨"，得版本50种。曹旭博士的《钟嵘诗品校考》，参黄丕烈校《退翁书院钞本》、郑文焯、傅增湘校《津逮秘书》本，并及韩国车柱环《钟嵘诗品校证》及《校证补》，法国陈庆浩《钟嵘诗品集校》。又"在《源流考》基础上，以元延祐七年《群书考索》本为底本，选择不同系统有代表性的版本，参以类书、笔记、诗话数十种，兼采诸家之说，酌以陈延杰《诗品注》所补脱文，校而考之。"曹旭博士的研究论文中，又有《日本的〈诗品〉研究会》节，称"从昭和三十七年诗品研究会成立，到昭和五十三年研究成果出版，中国的《诗品》及其研究者正接受种种意想不到的磨难。民国十六年、十八年出版《诗品》注释的老专家陈延杰、许文雨正被抄查、批斗致死。陈延杰家藏明抄本《诗品》亦毁于十年劫火，'四人帮'固然是学术的罪人，而安定、开放的社会环境是学术研究赖以存在的阳光和空气。"

现在译注《诗品》，考究钟嵘的身世，校订《诗品》的原文，有赖于曹旭博士的考校。注释《诗品》，参考陈注和古笺。论定《诗品》的价值与《诗品》的评陶，都引钱先生的评论。谨在这里对上引各家表示深切感谢。

钟嵘的身世

《南史·钟嵘传》:"钟嵘,字仲伟,颍川长社人。晋侍中雅七世孙也。父蹈,齐中军参军。""嵘,齐永明中为国子生,明《周易》。卫将军王俭领祭酒,颇赏接之。建武初,为南康王侍郎。""永元末,除司徒行参军。""(梁)衡阳王元简出守会稽,引为军朔记室,专掌文翰。""迁西中郎晋安王记室。嵘尝求誉于沈约,约拒之。及约卒,嵘品古今诗为评,言其优劣,云:'对传文众制,五言最优。齐永明中,相王爱文,王元长等皆宗附约。于时谢朓未遒,江淹才尽,范云名辈又微,故称独步。故当辞弘于范,意浅于江。'盖追宿憾,以此报约也。顷之,卒官。"《四库全书总目提要》云:"史称嵘尝求誉于沈约,约弗为奖借,故嵘怨之,列约中品。按约才列之中品,未为排抑。惟序中深诋声律之学,谓'蜂腰鹤膝,仆病未能,双声叠韵,里俗已具。'是则攻击约说,显然可见。"这是陈延杰跋引《四库提要》来驳斥史说的错误。

关于钟嵘的出身,曹旭博士认为:"钟嵘出身士族还是庶族,近年成了研究者热门的话题。""考察他的身世,不仅是《诗品》整体研究中的重要组成部分,可以把握他的社会地位、政治地位,而且是研究他社会地位和文学观念,阶级意识和理论思想,乃至三品论诗形式间关系的前提和出发点。曹旭博士亲至颍川长社,访得《钟氏家谱》,弄清了嵘祖、曾祖、高祖三代"史无其名"和"不可考"的问题。根据《家谱》:"钟嵘高祖钟靖,字道寂,为颍川太守;曾祖钟源,字循本,为后魏永安太守;祖父钟挺,字发秀,为襄城太守,封颍川郡公。"再查《新唐书》卷七十五《宰相世系表》:"……汉有西曹掾皓,字季明,二子迪、敫。迪,郡主簿,生繇、演。繇字元常,魏太傅,定陵侯。……过江仕晋,(雅)侍中。生诞,字世长,中军参军。生

3

靖,字道寂,颍川太守。生源,字循本,后魏永安太守。生挺,字法秀,襄城太守,颍川郡公。……""根据《家谱》提供的资料,结合《后汉书》、《三国志》、《梁书》、《南史》、《新唐书》诸正史看,钟嵘出身士族是无庸置疑的。"又说到钟嵘十一世祖钟繇是魏太傅,封定陵侯。至晋,与晋代王羲之并称钟、王。七世祖钟雅为晋侍中,护元帝渡江,掌握军政大权,故其士族地位是不容动摇的。

对《诗品》的评论

《南史·钟嵘传》称嵘尝求誉于沈约,约弗为奖借,故嵘怨之,列约中品。此则《四库全书总目提要》已加辨正。金元好问《论诗三十首》之三,称"风云若恨张华少,温李新声奈尔何。"这是评《诗品》论张华诗:"而疏亮之士,犹恨其儿女情多,风云气少。"按钟嵘是根据他所看到的晋诗对张华诗作出评论的,元好问用唐代温李诗作比来评,这是两个标准,标准不同,评论自异,可以不论。

宋叶梦得《石林诗话》卷下:"梁钟嵘作《诗品》,……然论陶渊明,乃以为出于应璩,此语不知其所据。应璩诗不多见,惟《文选》载其《百一诗》一篇,所谓'下流不可处,君子慎厥初'者,与陶诗了不相类。五臣注引《文章录》云:'曹爽用事,多违法度,璩作此诗,以刺在位,意若百分有补于一者。'渊明正以脱略世故、超然物外为意,顾区区在位者何足累其心哉?且此老何尝有意欲以诗自名,而追取一人而模放之,此乃当时文士与世进取竞进而争长者所为,何期此老之浅,盖嵘之陋也。"这是批评钟嵘以陶渊明诗出于应璩的不当,实际上也会有钟嵘论某人源出某人的不当在内。特别推重《诗品》论某人源出某人这点的是清代章学诚。

章学诚《文史通义·诗话》:"《诗品》之于论诗,视《文心雕龙》之于论文,皆专门名家、勒为成书之初祖也。《文心》体大而虑周,《诗品》思深而意远,盖《文心》笼罩群言,而《诗品》深从六艺溯流别也。(如云某人之诗,其源出于某家之类,最为有本之学,其法出于刘向父子。)论诗论文,而知溯流别,则可以探源经籍,而进窥天地之纯,古人之大体矣。"章学诚特别推崇《诗品》的溯流别。推测章学诚的意思,想通过溯流别来研究诗歌的源流演变,这个用意是好的。但钟嵘的《诗品》并没有这个意思,也不可能达到这个目的。章学诚对他的赞美并不确切。

王士禛《渔洋诗话》:"钟嵘《诗品》,余少时深喜之,今始知其蹉谬不少。嵘以三品诠叙作者,自譬诸'九品论人,七略裁士'。乃以刘桢与陈思(曹植)并称,以为文章之圣。夫桢之视植,岂但斥鷃之与鲲鹏耶!又置曹孟德下品,而桢与王粲反居上品。他如上品之陆机、潘岳,宜在中品;中品之刘琨、郭璞、陶潜、鲍照、谢朓、江淹,下品之魏武,宜在上品;下品之徐幹、谢庄、王融、帛道猷、汤惠休,宜在中品。而位置颠错,黑白淆讹,千秋定论,谓之何哉!建安诸子,伟长实胜公幹,而嵘讥其'以莛叩钟',乖反弥甚。至以陶潜出于应璩,郭璞出于潘岳,鲍照出于二张,尤陋矣,又不足深识也。"

《四库全书总目提要》称:"每品之首,各冠以序,皆妙达文理,可与《文心雕龙》并称。""其论某人源出某人,若一一亲见其师承者,则不免附会耳。"这个说法比较确切,胜过章学诚的称美。又称"惟序中深诋声律之学",也是确切的。不过对《诗品》的"妙达文理",无所发挥。

《诗品》的杰出成就

论《诗品》之杰出成就,有古直《钟记室诗品笺·发凡》:"诗道之敝,极于齐梁。苟取成章,贵在悦目,金楼(萧绎)既叹乎前;趋末弃本,率多浮艳,黄门(颜之推)指斥于后。顾陈其病者虽有多家,示其方者则惟仲伟。其方伊何？曰：自然而已矣。吟咏情性，何贵用事？自然英旨，罕值其人。开宗明义，昭然若揭。"指出《诗品》之开宗明义，未及深入阐发。

钱钟书先生《管锥编》1446页称："谈艺之特识先觉，策勋初非一途。……而能于艺事之全体大用，高瞩周览，症结所在，谈言微中，俟诸后世，其论不刊。如钟嵘三品，扬扢作者，未见别裁，而其《中品·序》痛言'吟咏情性，何贵用事'，则于六朝下至明清词章所患间歇热、隔日瘧，断定病候，前人之所未道，后人之所不易。盖西昆体之'挦撦'、江西派之'无字无来历'，因皆'语无虚字'，'殆同书抄'，疾发而几不可为；即杜甫、李商隐、苏轼、陆游辈大家，亦每'竞用新事'，'且表学问'，不啻三年病瘧，一鬼难驱。元稹《酬孝甫见赠》：'怜渠直道当时语，不著心源傍古人'；严羽《沧浪诗话·诗辨》：'诗有别才非书'；钱秉镫《田间文集》卷一四《说诗示石生汉照、赵生文彬》：'是故诗人者不惟有别才，抑有别学'；袁枚《小仓山房诗集》卷二七《仿元遗山论诗》：'他山书史腹便便，每到吟诗尽弃捐，一味白描神活现，画中谁是李龙眠'，又'天涯有客好聆痴，误把抄书当作诗，抄到钟嵘《诗品》日，该他知道性灵时'；莫非反复旧传之验方，对治重发之宿恙，以病因故，药亦大同焉。吴聿《观林诗话》载俗称'诗有三百八病'，未识名目云何；补缀词事，奥僻繁密，的为诗患，应在此数。苟准西例，病名从辨证者之名，如'安徒生疾'、梅逆耳斯征候之类，则谓诗病中有'钟嵘症'可矣。"

论《诗品》的品陶等次

陈延杰《诗品注》中品陶潜注一一，引《太平御览·文部》诗之类，称钟嵘《诗评》，陶潜列入上品。"是陶诗原属上品。迨至宋陈振孙著《直斋书录解题》，则云上品十一人，是又不数陶公也。"古直

《钟记室诗品笺》中品陶潜下注，引《太平御览》五百八十六钟嵘《诗评》，称陶潜列入上品。"据此，则陶公本在上品，今传《诗品》列之中品，乃后人窜乱之本也。"

钱钟书先生《谈艺录》91页："记室以渊明列中品，予人口实。一作笺者引《太平御览》卷五百八十六云：'钟嵘《诗评》：古诗，李陵、班婕妤、曹植、刘桢、王粲、阮籍、陆机、潘岳、左思、谢灵运、陶潜十二人，诗皆上品。'又一作笺者亦引《太平御览》卷五百八十六云：'钟嵘《诗评》：古诗，李陵、班婕妤、曹植、刘桢、王粲、阮籍、陆机、张协、潘岳、左思、谢灵运、陶潜十二人，诗皆上品。'据此一条，遽谓陶公本在上品，今居中品，乃经后人窜乱，非古本也。余所见景宋本《太平御览》，引此则并无陶潜，二人所据，不知何本。单文孤证，移的就矢，以成记室一家之言，翻徵士千古之案。不烦旁引，即取记室原书，以破厥说。记室《总论》中篇云：'一品之中，略以世代为先后'，而今本时有错乱，如中品晋张华，乃置魏何晏、应璩之前。作笺者以《御览》所引为未经窜乱之原本，何以宋之谢客，在晋之陶公之先，与自序体例不符。岂品第未乱，而次序已乱乎。则安知其品第之未乱也。且今本上品之张协，作笺者所引《御览》独漏却，而作笺者默不置一辞，何耶？高仲武《中兴间气集》卷下论皇甫曾有曰：'昔孟阳之与景阳，诗德罔惭厥弟，协居上品，载处下流'，当即指《诗品》等次而言。可见唐时《诗品》上品有张协，与北宋初《太平御览》之上品无张协而有陶公者，果孰为古本哉。""记室论诗，每曰'某源出于某'，附会牵合，叶石林、王渔洋皆早著非议。然自具义法，条贯不紊。有身居此品，而源出于同品之人者：如上品王粲之本李陵，潘、张之本王粲，陆、谢之本陈思；中品谢瞻等五人之本张华，谢朓之本谢混，江淹之本王微、谢朓，沈约之本鲍照，其例是也。有身列此品，而源出于上一品之人者：中品魏文之本李陵，郭璞本潘岳，张、刘、卢三人本王粲，颜延本陆机；下品檀、谢七人本颜延，

7

其例是也。有身列此品，而源出于一同品、一上品之人者，鲍照本张华、张戴是也。若夫身居高品，而源出于下等，《诗品》中绝无此例。""使如笺者所说，渊明原列上品，则渊明诗源出于应璩，璩在中品，璩诗源出于魏文，魏文亦只中品。""恐记室未必肯自坏其例耳。记室之评渊明曰：'文体省净，殆无长语。笃意贞古，词兴婉惬'；又标其'风华清靡'之句。此岂上品考语。固非一字之差，所可矫夺。记室评诗，眼力初不甚高，贵气盛词丽，所谓'骨气高奇'，'词采华茂'。故最尊陈思、士衡、谢客三人。以魏武之古直苍浑，特以不屑翰藻，屈居下品。宜与渊明之和平淡远，不相水乳，所取反在其华靡之句，仍囿于时习而已。"又 407 页引"晁景迂从苏、黄游，其《嵩山集》卷十四《和陶引辩》云：'……梁钟嵘作《诗品》，其中品陶彭泽出于应璩、左思。'""即征宋人所见《诗品》次第与今本同，而'宋本'《御览》引文之不可尽据矣。"

这样看来，钱先生极推重钟嵘的诗论所谓"吟咏情性，何贵用事"，发千古诗人之病，是值得大力表彰的。而三品论诗，"扬抡作者，未见别裁。""记室评诗，眼力初不甚高"，"仍囿于时习而已"。"记室论诗，论曰'某源出于某'，"则"附会牵合"而已。钱先生对《诗品》，可以作为全面的论定了。至于《诗品》序言的分合，已见《诗品序》后，这里就不谈了。

《诗品序》的分合

梁代钟嵘的《诗品序》，《梁书》本传里载他的序，即上品前的序，不载他列于中品前和下品前的序，是《梁书》作者所见的《诗品序》，三篇序分而为三，不合而为一，故本传只载他列于上品前的序。但列于上品前的序，又非专谈上品的诗，是从诗的创作谈起，谈到先秦诗中的五言句，也谈到后汉班固的《咏史》诗，曹公父子的

8

五言诗,晋代的玄言诗,直到梁代的诗。如班固、曹操的诗都列在下品,并非专谈上品的诗。所以《梁书》本传只称它为《诗品》序,不称它为上品序。那末这篇应为《诗品》全书的序,非《诗品》上品的序。把这篇作为《诗品》上品的序是不确的,作为《诗品》全书的序,是恰当的。

再看中品的序,开头说:"一品之中,略以世代为先后,不以优劣为诠次。"后面又说:"嵘今所录,止乎五言。虽然,网罗今古,词文殆集。轻欲辨彰清浊,掎摭利病,凡百二十人。预此宗流,便称才子。至斯三品升降,差非定制,方申变裁,请寄知者耳。"这个开头像指上品诗人,这个结尾,像指全书的凡例,都不在讲中品诗人。这篇中品序主要谈到:"至于吟咏情性,亦何贵于用事!"下引"思君如流水",是下品徐幹《室思》中的诗句,"高台多悲风",是上品曹植《杂诗》中的诗句,"明月照积雪",是上品谢灵运《岁暮》中的诗句,却没有引中品诗人的诗句。是不是中品诗人没有这样不用事的写景句呢?当然不是。像他讲中品诗人陶潜的"日暮天无云",也是不用事的写景句。他对中品诗人的写景句一句不引,说明这个序不是为中品诗人写的。

再说这写中品的序也不是为上品诗人写的,如引徐幹《室思》中的诗句,徐幹是下品诗人,不属于上品诗人。又说:"轻欲辨彰清浊,掎摭利病,凡百二十人。"这话也不是对上品诗人说的,因为上品诗人只有十二人,也不是对中品诗人说的,因为中品诗人只有三十九人。

再说这中品的序说:"一品之中,略以世代为先后,不以优劣为诠次。"这话也不是对中品诗人说的,因为对中品诗人,他又分为轻重,在中品中,地位较重要的,一人一评,如魏文帝、嵇康、张华、郭璞、陶潜等;地位较次的,几人一评,如何晏、孙楚、王赞、张翰、潘尼五人一评。因此何晏是魏人,但因和晋孙楚等四人合在一起评,他的位置就排在晋嵇康、张华后面，不符合以时代先后为次了。即这篇序不符合中品诗人的排列法。因此，这篇中品序，既不符合上品诗人，也不符合中品诗人。这里还有问题，如魏应璩是一人一评的，说明他在中品中比较重要，所以一人一评，那为什么又排在魏何晏、晋孙楚等五人合评的后面呢？原来陶潜诗在中品中比较重要，所以一人一评。陶潜出于应璩，陶潜既一人一评，所以应璩也不能不一人一评。但对应璩诗评，认为"善为古语"，那按照钟嵘的评诗标准，只能列入下等，但幸好还有"'济济今日所'，华靡可讽味焉"，所以列入中品。因此，他在中品中的地位，不如嵇康、张华，所以排在魏何晏等五人的后面了。

这样看来，这些中品诗人的排列次序，不符合中品序说的："一品之中，略以世代为先后，不以优劣为诠次。"这话不符合对中品诗人的排列，却符合对上品诗人的排列。那这篇中品序，是不是排在上品后面的上品序呢？因为古人的序，也往往排在正文后面的。也不是，因为中品序里讲的写景句有下品的徐幹，不属于上品者一；中品序里讲明"但自然英旨，罕值其人"，这当然不是指上品诗人者二；又说"凡百二十人"，显然也不是讲上品诗人者三。有这三点，所以这篇中品序，也不能作为列在后面的上品序。

看下品序："昔曹、刘殆文章之祖，陆、谢为体贰之才，锐精研思，千百年中，而不闻宫商之辨，四声之论。"这是反对沈约的声律论的，不是讲下品诗人。又下品序的后面，列举了"五言之警策"的诗篇，有"陈思赠弟，仲宣《七哀》"等二十二篇，二十一篇都是上品、中品诗人之作，只有"公幹思友"一篇为下品诗人徐幹之作。那也说明这段话不是专为下品诗人说的。那末它可不可以作为中品诗人的后序呢？下品序的前面反对声律论，是对沈约等人说的，不是对所有中品诗人说者一；后面讲"五言之警策"所举的诗篇，也不是专对中品诗人说者二。有这两点，所以把它作为中品诗人的后

10

序,也不合适。

以上说明《诗品》中的上品、中品、下品三篇序,不是分别对上中下三品诗人说的。

《诗品》的三篇序是为什么而作?《梁书》本传引钟嵘的《诗品序》只引了他的上品序,说明上品序不是专讲上品的,是《诗品》全书的序。

钟嵘这篇《诗品序》,要纠正当时的"淄渑并泛,朱紫相夺"。他认为"诗之为技,较尔可知,以类推之,殆均博弈。"但评诗究与博弈不同。因为博弈的胜负高下,是可以经过两人对弈来决定的,诗人的高下比较难定。比方他在序里说:"从李都尉迄班婕妤,将百年间,有妇人焉,一人而已。"把李陵和班婕妤皆列入上品。但刘勰《文心雕龙·明诗》里说:"至成帝品录,三百余篇,朝章国采,亦云周备,而辞人遗翰莫见五言。所以李陵、班婕妤见疑于后代也。"刘勰在齐代著《文心雕龙》,就提出后代人对李陵、班婕妤五言诗的怀疑。颜延之《庭诰》里说:"逮李陵众作,总杂不类,元是假托,非尽陵制。"颜延之已经提出李陵的五言诗为后人拟作,钟嵘还把它列入上品。又说:"其源出于《楚辞》。"按李陵的五言诗,如《文选》所载的李少卿《与苏武三首》:"良时不再至,离别在须臾。"不是《楚辞》体。那末钟嵘的评诗,不也是"淄渑并泛,朱紫相夺"吗? 这说明钟嵘在《诗品序》里的评诗眼光是不高的。

关于他的中品序,古直《钟记室诗品笺·发凡》里认为:"诗道之敝,极于齐梁。"是用来纠正齐梁时"诗道之敝"的。提出"吟咏情性,何贵用事?"感叹"自然英旨,罕值其人。"但中品里讲的多数是晋宋诗人,说是纠正齐梁"诗道之敝",就不确切了。看来钟嵘认为中品诗人已经是"自然英旨,罕值其人"了,所以把这篇序放在中品前。并不确切。

王士禛《渔洋诗话》的批评看,他认为"中品之刘琨、郭璞、陶

11

潜、鲍照、谢朓、江淹",“宜在上品”。现在看钟嵘的评论，如郭璞，他批评郭璞“但游仙之作，词多慷慨，乖远玄宗。其云：‘奈何虎豹姿。’又云：‘戢翼栖榛梗。’乃是坎壈咏怀，非列仙之趣也。”钟嵘认为郭璞《游仙》诗“非列仙之趣”，因而把他贬低，列入中品。沈德潜《古诗源》说：“《游仙诗》本有托而言，坎壈咏怀，其本旨也。钟嵘贬其少列仙之趣，谬矣。”钟嵘把郭璞贬低，认为游仙不能咏怀，把他列入中品是错的。

再看陶潜，钟嵘称“世叹其质直。至如‘欢言酌春酒’，‘日暮天无云’，风华清靡，岂直为田家语耶!”按照“质直”的说法，应该列入下品。钟嵘欣赏他“风华清靡’之句，所以列入中品。按萧统《陶渊明集序》，称他“其文章不群，辞采精拔，跌宕昭彰，独超众类，抑扬爽朗，莫之与京。横素波而旁流，干青云而直上。”钟嵘只赏他“风华清靡”之句，是很不够的。因此，他认为在中品诗人中，“自然英旨，罕值其人”，是错误的。在他认为中品诗人中，是有应列入上品的，是有“自然英旨”的。就他的认识说，他认为中品诗人中，“自然英旨，罕值其人”，所以把他的中品序列在中品诗人上，实际上是不确切的。

他的下品序是批评沈约的声律论，他认为崇奉声律论的诗人更不行，所以把下品序列在下品诗人上。不过按王士禛的说法：“下品之徐幹、谢庄、王融、帛道猷、汤惠休宜在中品。”再看钟嵘的评论，如徐幹，钟嵘评：“伟长与公幹往复，虽曰以莛即钟，亦能闲雅矣。”按《文心雕龙·明诗》：“王、徐、应、刘，望路而争驱。”把徐幹与刘桢并称。胡应麟《诗薮》：“以公幹为巨钟，而伟长为小莛，抑扬不已过乎？”认为把徐幹压得太低，不恰当。又如张载，钟嵘评：“孟阳乃远惭厥弟。”《文心雕龙·才略》：“孟阳、景阳，才绮而胡垲，可谓鲁卫之政，兄弟之文也。”把张载、张协并称。钟嵘把张协列入上品，张载贬入下品，陈延杰《诗品注》：“孟阳《七哀》，亦何惭厥弟耶？”也认为钟嵘把张载贬得太低了。这样看来,钟嵘用下品序的反对声律论来贬低下品诗人,也并不完全恰当。

这样看来,钟嵘用中品序的"自然英旨,罕值其人"来评价中品诗人,由于他对中品诗人的评论不够恰当,他所评的中品诗人,有的应当升入上品,是有"自然英旨"的,并非"罕值其人",因此他的中品序列在中品上是不恰当的。他用下品序来反对声律论,因此用下品序来贬低下品诗人。由于他评的下品诗人不完全恰当,有的应该升入中品,因而他用下品序来贬低下品诗人也不够恰当。

古直《钟记室诗品笺·发凡》说:"(中品序)'夫一品之中,略以时代为先后'云云,略同凡例。(下品序)'昔曹刘殆文章之圣'云云,专议声律,末后所举陈思诸人,又不属于下品,其不能冠诸中品下品以为序,常知与知。乃诸家刻本,皆承讹袭谬,不能致辨,是可怪也。今依《诗话》本合为一篇,冠于全书之首,以本传增序字以复其旧焉。"这里认为《诗话》本把三篇序合为一篇为复旧,即认为旧是三篇序合为一篇的。所谓《诗话》本即清人何文焕编《历代诗话》,把三篇序合为一篇。这样合一,是不是复旧呢? 从各种《诗品》本看,恐是创新而非复旧。各种旧的《诗品》本以分为三篇序为多。这恐是作者原定的。作者所以这样做的原因,上面已有了说明,这是不够恰当的。《诗话》本把三序合而为一,反而较恰当些。如中品序的"一品之中,略以时代为先后",这作为中品序,是不对的;但作为《诗品序》,这"一品之中",用来指上品,还是合的。下品序的"昔曹刘殆文章之圣",用作下品序不合,用作《诗品序》,指上品,也合。说"自然英旨,罕值其人",用作中品序,不合。用作《诗品序》,指下品中的某些作者,也可通。作为下品序,末后所指陈思诸人的诗篇,不合。作为《诗品序》,末后所指陈思诸人的诗篇都无不合。因此把三篇序合而为一,作为全书的《诗品序》,就较合了。这样的创新,比分为三品的序文好些,虽然还不完全合理。因为

"一品之中,略以时代为先后",这个一品,不专指上品,也指中品、下品,所以它的不合理还是存在的。

诗 品 序 [一]

[梁] 钟嵘著

气之动物,物之感人①,故摇荡性情,形诸舞咏②。照烛三才,晖丽万有③,灵祇待之以致飨,幽微藉之以昭告④;动天地,感鬼神,莫近于诗⑤。

节气使景物发生变化,景物感动人,所以动摇人的性情,表现在舞蹈歌唱上。它照耀着天地人,使万物显得光辉艳丽,神灵靠它来接受祭祀,幽冥靠它来祷告;感动天地鬼神,没有比诗歌更接近了。

①气:节气。刘勰《文心雕龙·物色》:"春秋代序,阴阳惨舒。物色之动,心亦摇焉。"节气指春秋的变化,春气舒畅,秋气悲惨,摇动人的心灵。

②形诸舞咏:古代歌舞结合,《诗大序》:"情动于中而形于言,言之不足,故嗟叹之;嗟叹之不足,故咏歌之;咏歌之不足,不知手之舞之足之蹈之也。"

③照烛:照耀;烛,也是照。三才:天地人。晖丽:光辉艳丽。万有:万物。这是说,人们的歌舞,可以使得天地万物即人间都显得光辉灿烂。

④灵祇:神灵。灵指天神,祇指地神。致飨:接受祭祀。幽微:幽冥,指鬼说。这是说,祭祀神鬼,都用歌舞来使鬼神接受祭祀。昭告:犹祷告。这是互文,灵祇指神,幽微指鬼,神鬼都接受祭祀,都向神鬼祷告。

⑤动天地,感鬼神:《诗大序》:"故正得失,动天地,感鬼神,莫近于诗。"古人认为用歌舞来祭祀天神地祇和鬼,会使神鬼感动。

〔一〕《梁书·钟嵘传》称此为"序",到"嵘之今录,应周旋于闾里,均之于谈笑耳。"以下"一品之中"为中品序,"昔曹刘殆文章之圣"为下品序。何文焕《历代诗话》将三品序合而为一。古直《钟记室诗品笺》从之,称为《诗品序》,

15

今从之。陈延杰《诗品注》称为"总论"。

　　昔《南风》之词，《卿云》之颂，厥义夐矣⑥。夏歌曰"郁陶乎予心"，楚谣曰"名余曰正则"⑦，虽诗体未全，然是五言之滥觞也⑧。逮汉李陵，始著五言之目矣⑨。古诗眇邈，人世难详⑩，推其文体，固是炎汉之制，非衰周之倡也⑪。自王、扬、枚、马之徒，词赋竞爽，而吟咏靡闻⑫。从李都尉迄班婕妤⑬，将百年间，有妇人焉，一人而已。诗人之风，顿已缺丧。东京二百载中，惟有班固《咏史》，质木无文⑭。

　　从前《南风歌》的词，《卿云歌》的歌颂，它的意义是深远了。夏代的歌说"忧郁啊我的心"，《楚辞》说"取我的名叫正则"，虽然诗的体裁不全是五言，然而是五言的开头。到西汉李陵，开始创作五言诗这一项目了。古诗的时代久远，作者和时代难以详考，推究它的体裁，实是汉代的创作，不是周末的开创。从王褒、扬雄、枚乘、司马相如一班作者，辞赋争胜，诗歌创作没有听说。从李陵到班婕妤，约一百年中，有位女作家，只有一人罢了。诗人的作风，即时丧失。东汉二百年中，只有班固《咏史》诗，质朴没有文彩。

　　⑥《南风》:《礼记·乐记》:"昔者舜作五弦之琴，以歌南风。"《尸子》载《南风》歌:"南风之薰(温和)兮，可以解吾民之愠兮。南风之时兮，可以阜(丰富)吾民之财兮。"这个歌是后人拟作。《卿云》:《尚书大传》:"舜将禅禹，于是俊乂(杰)百工(官)相和而歌曰:'卿(祥瑞)云烂(灿烂)兮，纠(纠)缦缦(纡缓回旋貌)兮。日月光华，旦复旦兮。'"这歌也是后人拟作。夐(xiòng):深远。
　　⑦《尚书·五子之歌》:"郁陶乎予心。"这是夏代的歌。郁陶:忧思郁积。屈原《离骚》:"名余曰正则。"屈原父给他取名为"平"，故称"正则"，正，平也;则，法也。楚谣即楚歌，指《楚辞》。
　　⑧滥觞:浮起酒杯，指开头。《荀子·子道》:"昔者江出于岷山，其始出也，其源可以滥觞。"指长江的源头水少，只可以浮起酒杯。

16

⑨李陵:《文选》载汉代李陵作《与苏武诗》三首,为五言诗。著:创作。目:项目。按李陵《与苏武诗》,亦后人拟作。

⑩古诗:《文选》有《古诗十九首》,皆没有作者名。钟嵘所看到的古诗,超过十九首。眇邈:久远。

⑪炎汉:秦汉方士以金、木、水、火、土五行相克来说王朝的命运,刘向《三统历》以秦为水德,称汉以火德兴起,称炎汉。衰周:周末,指春秋战国时代。

⑫王、扬、枚、马:王褒、扬雄、枚乘、司马相如,都是赋家。爽:高迈。他们不作五言诗。《玉台新咏》说《古诗十九首》中的八首为枚乘作,不可靠。

⑬李都尉:李陵官骑都尉。班婕妤:汉成帝的婕妤(jié yú 节于),宫中女官,有《怨歌行》一首。

⑭班固《咏史》:班固有《咏史》诗一首,是东汉中作。

降及建安⑮,曹公父子⑯,笃好斯文;平原兄弟,郁为文栋⑰;刘桢、王粲,为其羽翼⑱。次有攀龙托凤,自致于属车者⑲,盖将百计。彬彬之盛⑳,大备于时矣。尔后陵迟衰微,迄于有晋㉑。太康中,三张、二陆、两潘、一左㉒,勃尔俱兴,踵武前王,风流未沫㉓,亦文章之中兴也。永嘉时,贵黄、老,稍尚虚谈㉔,于时篇什,理过其辞,淡乎寡味。爰及江左,微波尚传㉕,孙绰、许询、桓、庾诸公诗,皆平典似《道德论》,建安风力尽矣㉖。先是郭景纯用俊上之才,创变其体;刘越石仗清刚之气,赞成厥美㉗。然彼众我寡,未能动俗。逮义熙中,谢益寿斐然继作㉘。元嘉中,有谢灵运,才高词盛,富艳难踪,固已含跨刘、郭,凌轹潘、左㉙。故知陈思为建安之杰,公幹、仲宣为辅;陆机为太康之英,安仁、景阳为辅;谢客为元嘉之雄,颜延年为辅;斯皆五言之冠冕,文词之命世也㉚。

下到建安年代,曹操、曹丕父子,非常爱好这些文辞;曹植、曹彪兄弟，兴起来成为文坛栋梁；刘桢、王粲，成为他们的翅膀。其次有攀附权势，自己到达做部属的，大概将要到百计。文质兼备的兴盛，在当时非常完备了。后来逐渐倒退衰落，直到晋代。太康中间，有张载、张协、张亢三张，有陆机、陆云二陆，有潘岳、潘尼二潘，左思一左，突然都兴起，继承前代的王者，风流未尽，也是诗文的中兴。永嘉时，看重黄帝、老子的学说，稍稍崇尚清谈，这时期的创作，玄言超过它的文辞，平淡少滋味。到了东晋，清谈的影响像微波还传下去，孙绰、许询、桓温、庾亮诸位的诗，都平淡朴实像《道德论》，建安文学的风骨完了。起先郭璞用高俊的才华创新改变它的体裁；刘琨依靠清新刚健的气概赞成它的美好。然而他们的人多，我们的人少，还没有能够改变世俗文风。到了义熙中间，谢混富有文彩地继续创作。到刘宋元嘉中间，有位谢灵运，文才高，辞藻丰，作品富丽难以追踪，确实已经包含和超过刘琨、郭璞，压倒潘岳、左思。所以知道曹植是建安文学的俊杰，刘桢、王粲作为辅佐；陆机是太康文学的英俊，潘岳、张协作为辅佐；谢灵运是元嘉文学的英雄，颜延之作为辅佐：这都是五言诗的为首的作者，文词的名高一代的才人。

⑮建安：汉献帝年号（196—219），当时曹操执政，政权已归曹魏，所以建安文学，已不归入东汉。

⑯曹公父子：曹操和他的儿子曹丕。

⑰平原兄弟：曹植和他的弟曹彪。曹植曾封为平原侯。郁：盛。文栋：文坛的栋梁。

⑱刘桢、王粲：建安文学的著名作者。羽翼：犹辅佐。

⑲攀龙托凤：指攀附曹操父子的文人。属车：侍从的车子，指部属。

⑳彬彬：文质兼备。《论语·雍也》："文质彬彬，然后君子。"

㉑陵迟：逐渐下降。有晋：即晋代。有，助词，无义。

㉒太康：晋武帝年号（280—289）。三张：张载、张协、张亢。二陆：陆机、陆云。两潘：潘岳、潘尼。一左：左思。都是诗人。

㉓勃尔:突然。踵武前王:继承前代的王者,指继承曹操父子提倡的建安文学。踵武:踏着足迹前进,指继承。武,足迹。沫:尽。

㉔永嘉:晋怀帝年号(307—312)。黄、老:黄帝、老子,道家宗奉黄帝、老子,指道家。虚谈:清谈,不务实际,只讲玄理。

㉕爰:于是。江左:江东,东晋建都建康,在江东。微波:指清谈的影响。

㉖孙绰、许询、桓、庾诸公:孙绰、许询、桓温、庾亮等人都用道家学说写诗,称玄言诗。平典:平淡质朴。《道德论》讲道家思想的论文,魏何晏、夏侯玄都写过《道德论》。建安风力:建安文学的风骨,风指气韵生动,骨指文辞有力。

㉗郭景纯:郭璞字景纯。俊上:高超突出。刘越石:刘琨字越石。清刚:清新刚健。

㉘义熙:晋安帝年号(405—418)。谢益寿:谢混,小字益寿。斐然:文采貌,谢混的山水诗有文采。

㉙元嘉:宋文帝年号(424—453)。含跨:包含超过。凌轹:压倒。

㉚陈思:曹植封陈王,卒谥思。公干:刘桢字。仲宣:王粲字。安仁:潘岳字。景阳:张协字。谢客:谢灵运,幼名客儿。颜延年:颜延之字延年。冠冕:为首。命世:名高一世。

　　夫四言文约意广,取效《风》《骚》㉛,便可多得,每苦文繁而意少,故世罕习焉㉜。五言居文词之要,是众作之有滋味者也,故云会于流俗㉝。岂不以指事造形,穷情写物,最为详切者耶? 故诗有三义焉:一曰兴,二曰比,三曰赋㉞。文已尽而意有余,兴也;因物喻志,比也;直书其事,寓言写物,赋也。宏斯三义,酌而用之,干之以风力,润之以丹彩㉟,使味之者无极,闻之者动心,是诗之至也。若专用比兴,患在意深,意深则词踬㊱。若专用赋体,患在意浮,意浮则文散,嬉成流移,文无止泊㊲,有芜漫之累矣。

　　四言诗字少意多,效法《国风》、《离骚》就可以得到大概,往往苦于文字多而用意少,所以世人少学习它。五言诗在诗体中地位扼要,是众多诗篇中有滋味的,所以说合于世俗。难道不是因为指陈事理,创造形象,尽量抒情,描写物象,最是详尽切当的吗?所以诗有三种手法:一叫兴,二叫比,三叫赋。文辞已经完了情意还有多余,是兴;借物来比喻用意,是比;直接写事实,借言辞来写事物,是赋。扩大这三种手法,酌量采用它,用风骨来加强它,用文采来润饰它,使得体会它的有无穷滋味,听到它的动心,这是诗的极好的。倘专用比兴手法,害处在于用意深沉,用意深沉文辞就不顺畅。倘专用赋,害处在于用意浮浅,用意浮浅文辞就散漫,嬉戏成为油滑,文辞没有归宿,有芜杂散漫的毛病了。

㉛文约意广:文约,指每句四个字,文字少。意广,指一首诗里所包含的情意丰富。《风》《骚》:《诗经·国风》、《楚辞·离骚》,《国风》多四字句,《离骚》不是四字句,但《楚辞·桔颂》是四字句,这个《骚》指《楚辞》。

㉜文繁而意少:四言诗每首句子多,所表达的情意少。这指汉代韦孟《讽谏诗》,有一百〇八句,四百三十二字。世罕习:指东汉末的《古诗十九首》以下,作四言诗的比较少。

㉝五言居文词之要:当时写四言诗的人少,五言诗最为重要。会于流俗:合于世俗的口味。

㉞三义:三种写诗手法。兴:起兴,先说他物来引起所咏之物。如《关雎》,先讲雎鸠的和鸣来引起君子的爱淑女。比:打比方。赋:直接讲所咏的事物。这里是钟嵘对兴提出新的解释,与《诗经》的兴不同。

㉟风力:即风骨,生动而有骨力。丹彩:文采。

㊱踬(zhì 置):不顺利,不流畅。

㊲嬉成流移:嬉戏成为油滑。止泊:归宿。

若乃春风春鸟,秋月秋蝉,夏云暑雨,冬月祁寒㊳,斯四候之感诸诗者也。嘉会寄诗以亲,离群托诗以怨。至于楚臣去境,汉妾辞宫㊴,或骨横朔野,魂逐飞蓬㊵;或负戈外戍,杀气雄边;塞客衣单,孀闺泪尽;或士有解佩出朝,

20

一去忘返⁴¹；女有扬蛾入宠，再盼倾国⁴²：凡斯种种，感荡心灵，非陈诗何以展其义？非长歌何以骋其情？故曰："诗可以群，可以怨。⁴³"使穷贱易安，幽居靡闷者，莫尚于诗矣。故词人作者，罔不爱好。今之士俗，斯风炽矣。才能胜衣，甫就小学，必甘心而驰骛焉⁴⁴。于是庸音杂体，人各为容⁴⁵。至使膏腴子弟，耻文不逮，终朝点缀，分夜呻吟。独观谓为警策⁴⁶，众睹终沦平钝。次有轻薄之徒，笑曹、刘为古拙，谓鲍照羲皇上人，谢朓今古独步⁴⁷。而师鲍照，终不及"日中市朝满"；学谢朓，劣得"黄鸟度青枝"⁴⁸。徒自弃于高明，无涉于文流矣。

像那春风吹，春鸟鸣，秋月明，秋蝉噪，夏天暑，有云雨，冬月冷，有酷寒，这是四季给人的感触表现在诗里的。好的集会用诗来寄托亲密感情，离开群众用诗来寄托怨恨。至于楚国臣子离开国都，汉朝的宫女辞别宫廷，有的尸骨横在北方的荒野，魂灵追逐着随风飞去的蓬草；有的扛着戈在边外守卫，战斗的气氛充溢着边地；在边关的客子衣裳单薄，闺中独居的妇女眼泪哭干了；有的士人辞官离开朝廷，一去忘掉回来；女子有扬起眉毛，入宫受宠，再次顾盼，倾动国人：所有这种种，感动心灵，不是作诗用什么来舒展它的意义？不是长歌用什么来发舒它的感情？所以说："诗可以合群，可以怨恨。"使得穷贱的人容易安心，隐居的人没有苦闷的，没有比诗更好了。所以诗人作者，没有不爱好的。现在的世俗士子，这个风气是很热烈了。刚才能够禁得住穿成人的衣服，开始学习文字，一定甘心为写诗而奔走。因此平庸的音节，芜杂的体裁，人人各自认为可喜。至于使得富家子弟，以作诗不如人为耻，整个早上在凑合，半夜在吟咏。独自观赏认为精妙，众人看了终于落入平钝。其次有轻薄的人,讥笑曹植、刘桢的诗古老拙劣,说鲍照是伏羲以上的人,谢朓诗今古无双。可是效法鲍照,终于不及“日中市朝满”;学习谢朓,拙劣得学到“黄鸟度青枝”。徒然自己抛弃高明,不能参加到诗人这一流了。

㊳夏云暑雨,冬月祁寒:夏云多奇峰。《尚书·君牙》:“夏暑雨,小民惟日怨咨。冬祁寒,小民亦惟日怨咨。”

㊴楚臣去境:屈原被放逐,离开国都。境,当指国都。汉妾辞宫:汉元帝时,匈奴呼韩邪单于入朝,帝以宫人王昭君嫁给他,昭君离开汉宫出塞。

㊵朔野:北方荒野。飞蓬:蓬草,秋枯根拔,风卷而飞,故称飞蓬。

㊶解佩:解下文官所佩印绶,指辞官。

㊷扬蛾:扬眉,指得意。蛾,蛾眉。倾国:汉李延年歌:“北方有佳人,绝世而独立。一顾倾人城,再顾倾人国。宁不知倾城与倾国,佳人难再得。”

㊸诗可以群,可以怨:见《论语·阳货》的孔子说。群指群居相切磋,怨指怨刺上政。

㊹胜衣:少年能禁得起穿成人的衣服,即尚未成人。甫:始。小学:识文字。驰骛:奔走。

㊺杂体:体裁杂乱。容:容悦。

㊻警策:精警,精采。

㊼曹、刘为古拙:以曹植、刘桢诗为古拙,即不懂得建安风骨。谓鲍照羲皇上人,谢朓今古独步:称美鲍照、谢朓诗,说鲍照诗格调高,像伏羲时人,谢朓古今第一,指不懂诗。

㊽“日中市朝满”:鲍照《代结客少年场行》:“日中市朝满,车马若川流。”这不是鲍照诗中名句,指连这样的句子也学不到。“黄鸟度青枝”,谢朓《玉阶怨》:“夕殿下珠帘,流萤飞复息。”虞炎《玉阶怨》:“紫藤拂花树,黄鸟度青枝。”劣得:仅得。学谢朓也学不到。

观王公缙绅之士,每博论之余,何尝不以诗为口实㊾。随其嗜欲,商榷不同。淄渑并泛,朱紫相夺㊿,喧议竞起,准的无依(51)。近彭城刘士章,俊赏之士,疾其淆乱,欲为当世诗品,口陈标榜(52),其文未遂,感而作焉。昔九品论人,

《七略》裁士，校以宾实，诚多未值㊳。至于诗之为技，较尔可知，以类推之，殆均博弈㊴。方今皇帝资生知之上才，体沉郁之幽思，文丽日月，〔赏〕学究天人〔二〕，昔在贵游，已为称首㊵。况八纮既奄，风靡云蒸，㊶抱玉者联肩，握珠者踵武㊷，固以睥汉、魏而不顾，吞晋、宋于胸中。谅非农歌辕议，敢致流别㊸。嵘之今录，庶周旋于闾里，均之于谈笑耳。

观察王公和士大夫，往往在广博谈论的余暇，何尝不用诗作谈话资料，跟着他们的爱好，讨论不同意见。像淄水和渑水一起泛滥，不好辨别，紫色改变了朱色，不分正色，喧哗的议论争着起来，标准难定。近时彭城刘士章，高明的鉴赏家，恨它的混乱，要作当代的诗品，嘴里说出品评，他的著作没有完成，有感于此，加以著作。从前班固论人，分为九等，刘歆评论学者，分为《七略》，按照名称来考较实际，确实多有不恰当的。至于诗的技巧，明显可知，按类来推求，大概同评论赌博下棋的胜负。现在皇帝禀赋生知的上等天才，体察沉郁的深思，文辞与日月争光，学识推究自然和人生的道理。从前在于与贵族交游，已是称为首领。何况已经包举八方，到处响应，像从风而倒，像云气蒸腾。怀抱珠玉的才华的，肩相联，踵相接。本来下观汉魏诗篇不屑一顾，把晋宋诗篇吞在胸中，确实不是农民的歌谣，赶车人的议论，敢于加以品评。嵘的现在记录，近乎在闾里中打交道，等于谈笑罢了。

㊾缙绅：士大夫。缙，插。绅：带。古代做官人插上朝用的手版于带间。口实：谈话资料。

㊿淄渑并泛：山东的淄水和渑水异味，一起泛滥，二水合流，难以辨别。朱紫相夺：《论语·阳货》："子曰：'恶紫之夺朱也。'"朱是正色，紫色变乱朱色，

23

即破坏正色。

(51)准的：标准。

(52)彭城：在今江苏徐州。刘士章：刘绘，字士章，南齐中庶子，《诗品》里列入下品。俊赏：高明的鉴赏。疾：憎恨。标榜：指品评。

(53)九品论人：班固《汉书·古今人表》把古今人分为九等。《七略》裁士：刘歆把学者的著作分属于《七略》，有《辑略》是总论，有《六艺略》讲六经的，有《诸子略》，有《诗赋略》，有《兵书略》，有《术数略》，有《方技略》，讲各科著作的。宾实：名实，《庄子·逍遥游》："名者实之宾也。"未值：不恰当。

(54)较尔：明白地。殆：大概。

(55)皇帝：指梁武帝萧衍。资：禀赋。生知之上才：《论语·季氏》："生而知之者，上也。"沉郁：深沉郁积。幽思：深思。贵游：萧衍称帝前，与贵人交游，有沈约、谢朓、王融、萧琛、范云、任昉、陆倕，称为八友。称首：萧衍为竟陵（萧子良称竟陵王）八友之首。

(56)八纮（hóng洪）：八方。奄：覆盖，占有。风靡：随风而倒。云蒸：云气蒸腾。

(57)抱玉、握珠：指具有诗才的。踵武：继步，指众多。

(58)农歌：农民的歌谣。辕议：赶车人的议论。流别：刘歆把学派分为九流，九个流派，把书分属《七略》，这里指品评。指不敢品评梁武帝萧衍。

〔二〕〔赏〕学：曹旭据《梁书·钟嵘传》、《诗品会函》、《全梁文》校，"赏"当作"学"。

一品之中，略以世代为先后，不以优劣为诠次(59)。又其人既往，其文克定。今所寓言(60)，不录存者。夫属辞比事，乃为通谈(61)。若乃经国文符，应资博古；撰德驳奏，宜穷往烈(62)。至乎吟咏情性，亦何贵于用事(63)？"思君如流水"，既是即目(64)；"高台多悲风"，亦惟所见(65)；"清晨登陇首"，羌无故实(66)；"明月照积雪"，讵出经史(67)。观古今胜语，多非补假，皆由直寻(68)。颜延、谢庄，尤为繁密(69)。于时化之。故大明、泰始中，文章殆同书抄(70)。近任昉、王元长等，辞不贵奇，竞须新事。尔来作者，寖以成俗(71)。遂乃句无虚语，语无虚字，拘挛补衲(72)，蠹文已甚。但自然英旨，罕值其人。词既失高，则宜加事义，虽谢天才，且表学问，亦一理乎！

在一品里面，约略按照时代先后排列，不按照优劣来作次序。又那人已经过去，他的诗能够论定。现在的品评，不记录活人。组织词句，排列事实，是通常的谈论。像那经营国事的文书，应该利用很多古事；叙述德行，辩驳奏疏，应该尽量称引过去的功业。至于吟诗来抒发性情，也何必看重用典故？“思君如流水”，既是就眼前所想；“高台多悲风”，也只是写所见到的；“清晨登陇首”，没有典故；“明月照积雪”，岂是出于经书史书。观察古今的佳句，多不是拼凑借用前人语句，都由于直接描写。颜延之、谢庄的诗，引用典故更为繁多细密，在那时受他们的影响。所以大明、泰始中间，作品大概同于抄书。近来任昉、王元长等，文辞不看重奇特，争着运用新事。近来作者，逐渐造成风俗。遂使句子里没有不用典故的话，话里没有不用典故的字，拘束拼补，损害文风已经很厉害了。可是诗歌写得自然精采的，很少碰到这样的人。文辞既不高明，就应该加进事实和意义，虽然够不上天才，姑且表示学问，也是一个理由吧！

(59)诠次：排列次序。

(60)寓言：寄托的话，指品评。

(61)属辞：组织词句。比事：排列事实。通谈：老生常谈。

(62)经国：经营国事。文符：文书。资：依靠。博古：广博的古事，用广博的古事来作证。撰德：叙述德行。驳奏：辩驳奏章。穷：尽量。往烈：过去的功业。

(63)用事：用典故。

(64)“思君如流水”：徐幹《室思》句。即目：眼前所想。

　　㉕"高台多悲风":曹植《杂思》句。

　　㉖"清晨登陇首":杨守敬《古诗存目录》从《北堂书钞》卷一五七引辑出张华失题诗:"清晨登陇首。"羌:发语辞。故实:典故。

　　㉗"明月照积雪":谢灵运《岁暮》句。讵:岂。

　　㉘胜语:佳句。补假:补充借用,指用前人句。直寻:直接描写。

　　㉙颜延之、谢庄:指二人诗用典故多。

　　㉚大明:宋武帝年号(457—464)。泰始:宋明帝年号(465—471)。书抄:把词章典故辑录成的类书。

　　㉛任昉、王元长:任昉、王融诗多用事。尔来:近来。寖(jìn 浸):逐渐。

　　㉜拘挛(luán 峦):拘束。补衲:补缀拼合。

　　陆机《文赋》,通而无贬㉝;李充《翰林》,疏而不切㉞;王微《鸿宝》,密而无裁㉟;颜延论文,精而难晓;㊱挚虞《文志》,详而博赡㊲,颇曰知言。观斯数家,皆就谈文体,而不显优劣。至于谢客集诗㊳,逢诗辄取;张骘《文士》㊴,逢文即书。诸英志录,并义在文,曾无品第。嵘今所录止乎五言。虽然,网罗今古,词文殆集,轻欲辨彰清浊,掎摭利病,凡百二十人㊵。预此宗流者㊶,便称才子。至斯三品升降,差非定制,方申变裁,请寄知者尔㊷。

　　陆机的《文赋》,通达而没有褒贬;李充的《翰林论》,疏漏而不贴切;王微的《鸿宝》,细密而没有裁断;颜延之的论文,精要而难懂;挚虞的《文章志》,详细而丰富,很是知音。观这几家,都是就诗歌体裁来谈,不明显分别优劣。至于谢灵运收集诗,碰到诗总是取录;张骘《文士传》,碰到文章就写下来。诸位英俊记录的书,用意都在记录作品,并无品评等第。钟嵘现在所记录,限于五言诗。虽是这样,包括古今,作品大都收集,轻率地要辨明清浊,指摘利病,共计百二十人。参预这个流派中的人,就称为才子。至于这三品的升或降,大抵不是定论,将要再加变化裁断,请寄托在懂诗的人罢了。

⑦陆机《文赋》：晋代陆机的《文赋》，是讲创作的，不举出具体作品来加以褒贬。

⑦李充《翰林》：东晋李充的《翰林论》，是结合文体来评论作品的，比较疏略。

⑦王微《鸿宝》：刘宋时王微的《鸿宝》，讲得细致，没有裁断。

⑦颜延论文：刘宋时颜延之《庭诰》里有论文章的，持论精辟，不好理解。

⑦挚虞《文志》：晋代挚虞《文章志》，内容丰富。

⑦谢客集诗：刘宋谢灵运的编诗集。

⑦张隲《文士》：《三国志》注有张隲《文士诗》。

⑧轻：轻率，自谦的话。辨彰清浊：辨明优劣。掎摭：指摘。百二十人：共一百二十二人，举成数说。

⑧宗流：流派。

⑧差非定制：大抵不是定论。变裁：改变论断。请寄知者：请求寄托在懂诗的人。

昔曹、刘殆文章之圣，陆、谢为体贰之才⑧，锐精研思，千百年中，而不闻宫〔商〕羽之辨，四声之论⑧。或谓前达偶然不见⑧，岂其然乎？尝试言之：古曰诗颂，皆被之金竹，故非调五音⑧，无以谐会。若"置酒高〔堂〕殿上"〔三〕，"明月照高楼"，为入韵之首〔四〕⑧。故三祖之词，文或不工，而韵入歌唱，此重音韵之义也，与世之言宫商异矣⑧。今既不被管弦，亦何取于声律耶？齐有王元长者，尝谓余云："宫商与二仪俱生，自古词人不知用之〔五〕，惟颜宪之乃云律吕音调，而其实大谬；唯见范晔、谢庄颇识之耳⑧。尝欲〔进〕造《知音论》，未就而卒〔六〕。"王元长创其首，谢朓、沈约扬其波，三贤〔或〕咸贵公子孙〔七〕，幼有文辩。于是士流景慕，务为精密，襞积细微，专相陵架⑧，故使文多拘忌，

27

伤其真美。余谓文制本须讽〔读〕诵〔八〕，不可蹇碍，但令清浊通流^㊳，口吻调利，斯为足矣。至于平上去入，则余病未能；蜂腰鹤膝，闾里已具^㊴。

　　从前曹植、刘桢大概是文章中的圣人，陆机、谢灵运是具体前二人的才华，研究考虑极其精深，在千百年中，却没有听说音调的分辨，四声的议论。有的说前人偶然不见，难道是这样吗？曾经试着讲它：古人称诗或颂，都配上音乐，所以不是配合音律，无从适合。像"置酒高堂上"，"明月照高楼"，是韵律的最高的。所以三祖的歌词，文采或是不美，但韵律可以歌唱，这是看重音韵的意思，与世人的讲声调的不同了。现在的诗既不配合音乐，也何必采用声调呢？齐代有王元长，曾经对我说："声调跟天地一起产生，从古以来的诗人不懂得它，只有颜延之是说，乐律的声音协和，其实是大错；只见范晔、谢庄很懂得它罢了。曾经要作《知音论》，没有写成。"王元长首先开创，谢朓、沈约扩大他的影响。三位是贵族的后代，年轻时就有文才辩论。因此文人仰慕，力求精密，繁琐细微，专门互相超越，所以使得文辞多拘束忌讳，损害它的真实美好。我说诗歌体制，本来需要吟诵，不可蹇碍，只要音调清浊贯通，念起来谐调，这就够了。至于分平上去入，那我苦于不会；蜂腰鹤膝的毛病，民间已经具备。

　　㊳体贰：具体前二人，指与前二人相似。具体，大体具备。
　　㊴宫〔商〕羽之辨：辨别宫羽，指分音调高下抑扬，认为宫高声扬，羽声抑。四声。分平上去入。认为平声扬，上去入声抑。沈约《宋书·谢灵运传论》："欲使宫羽相变，低昂互节，若前有浮声，则后须切响。"宫羽即宫扬羽抑。浮声扬、切响抑。
　　㊵前达偶然不见：沈约《宋书·谢灵运传论》："自骚人以来，此祕(指分别浮声、切响)未睹。"

28

㉝诗颂:《诗经》的风雅颂。被之金竹:配上音乐。金竹:钟和箫笛等乐器,指音乐。五音:宫商角徵羽。

㉖"置酒高〔堂〕殿上":阮瑀《杂诗》句。按当作"置酒高殿上",为曹植《箜篌引》句。"明月照高楼":为曹植《七哀诗》句。为韵之首:以上两首诗为韵律之首。指配合音乐说。两首诗为曹植所作,所以称首。若指阮瑀《杂诗》,便不能称首了。

㉘三祖:魏太祖武帝曹操,高祖文帝曹丕,烈祖明帝曹叡。韵:韵律,指三祖的诗配音乐,可以唱。重音韵:看重诗可以歌唱。与世之言宫商异:言与今人讲分别宫羽异。即不讲浮声、切响。

㉙王元长:王融字元长。二仪:天地。颜宪之:颜延之,死后谥宪之。颜延之认为乐律与诗的音调一致,是错的。诗的音调,分平上去入,与乐律不同。范晔:《宋书·范晔传》,他自称"性别宫商",他懂得诗的音调。又称"谢庄最有其分"。谢庄最懂得诗的音调。

㉚襞积:裙上的褶,指韵律方面的繁琐花样。陵架:超越而上。

㉛讽诵:吟诵。蹇碍:塞碍。清浊:音调的清浊顺利。

㉜蜂腰鹤膝:五言诗两句中的一句前两字与后两字用仄声,中间一字用平声,号蜂腰病。另一句前两字与后两字用平声,中间一字用仄声,是鹤膝病。闾里已具:民间已经有了。

〔三〕置酒高〔堂〕殿上:曹旭校:"《竹庄诗话》所引作置酒高殿上。'堂'作'殿'为是。"

〔四〕为入韵之首:曹旭校:"《竹庄诗话》、《吟窗杂录》、《格致丛书》、《诗法统宗》、《硃评词府灵蛇》诸本均作'为入韵之首',多一'入'字。"

〔五〕自古词人不知用之:曹旭校:"《竹庄诗话》、《吟窗杂录》、《诗法统宗》、《硃评词府灵蛇》俱作'不知用之',谓不知用宫商作诗。"

〔六〕尝欲〔进〕造《知音论》,未就而卒:曹旭校:"《竹庄诗话》、《吟窗杂录》、《格致丛书》、《诗法统宗》、《硃评词府灵蛇》均作'尝欲造《知音论》,未就而卒'。"

〔七〕三贤〔或〕咸贵公子孙:曹旭据同上书校,"或"作"咸",并考证三贤皆贵公子孙。

〔八〕本须讽〔读〕诵:曹旭据同上书校,"讽读"作"讽诵"。

陈思"赠弟",仲宣《七哀》,公幹"思友"㉝,阮籍《咏怀》,子卿"双凫",叔夜"双鸾",茂先"寒夕"㉞,平叔"衣

29

单"，安仁"倦暑"，景阳"苦雨"㉟，灵运《邺中》，士衡《拟古》，越石"感乱"，景纯"咏仙"，王微"风月"，谢客"山泉"㊱，叔源"离宴"，鲍照"戍边"，太冲《咏史》，颜延"入洛"，陶公《咏贫》之制，惠连《捣衣》之作㊲，斯皆五言之警策者也。所以谓篇章之珠泽，文采之邓林㊳。

曹植有赠弟的《赠白马王彪诗》，王粲有《七哀诗》，刘桢有思友的《赠徐干诗》，阮籍有《咏怀》诗，苏武有"双凫"句的《赠李陵诗》，嵇康有"双鸾"句的《赠秀才入军诗》，张华有咏"寒夕"的《杂诗》，何晏有咏"衣单"的诗，潘岳有咏"倦暑"的诗，张协有咏"苦雨"的《杂诗》，谢灵运有《拟魏太子邺中集诗》，陆机有《拟古诗》，刘琨有感乱的《扶风歌》，郭璞有《游仙诗》，王微有咏风月的诗，谢灵运有咏山水诗，谢混有咏离宴的诗，鲍照有咏戍边的诗，左思有《咏史诗》，颜延之有咏入洛的《北使洛诗》，陶渊明有《咏贫士诗》，谢惠连有《捣衣诗》，这都是五言诗中的精警的。所以说是诗歌中的产珠湖，文采中的桃花林。

㉝陈思：陈思王曹植。赠弟：赠白马王曹彪。仲宣：王粲字。公幹：刘桢字。"思友"：《赠徐干诗》有"思子沉心曲"。

㉞子卿：苏武字。《古文苑》载苏武《别李陵诗》有"双凫俱北飞"句。叔夜：嵇康字，有《赠秀才入军》的"双鸾匿景曜"句。茂先：张华字，有《杂诗》："繁霜降当夕"句。

㉟平叔：何晏字。"衣单"句诗已佚。安仁：潘岳字，有《在县作》"时暑忽隆炽"句。景阳：张协字，有《杂诗》"密雨如散丝"句。

㊱越石：刘琨字，有《扶风歌》感乱而作。景纯：郭璞字，有《游仙诗》。王微"风月"：江淹《杂体诗》中有《王微君微养疾》诗："月华散前墀"，知王微有咏"风月"诗。谢客：谢灵运。"山泉"：指山水诗。

㊲叔源：谢混字。有《送二王在领军府集诗》："离端起来日。"太冲：左思字，有《咏史》诗。颜延：颜延之，有《北使洛》诗。陶公：陶渊明，有《咏贫士

30

诗》。惠连:谢惠连,有《捣衣诗》。

⑱珠泽:《穆天子传》:"天子北征,舍于珠泽。"产珠的湖。邓林:《山海经·海外北经》:"(夸父)弃其杖,化为邓林。"邓林即桃林。

上　品

古　诗[①]

　　其体源出于《国风》[②]。陆机所拟十〔四〕二首〔一〕[③]。文温以丽，意悲而远。惊心动魄，可谓几乎一字千金[④]！其外"去者日以疏"四十五首[⑤]，虽多哀怨，颇为总杂。[⑥]旧疑是建安中曹、王所制[⑦]。"客从远方来"，"橘柚垂华实"，亦为惊绝矣[⑧]！人代冥灭，而清音独远，悲夫！

　　它(古诗)的风格的源头从《国风》来。陆机所摹仿的十二首。文辞温和而艳丽，情意悲哀而深远，使人心惊体颤，可以说近乎一字千金！此外"去者日以疏"四十五首，虽然多哀伤怨恨，很是杂滥。过去怀疑是建安中曹、王所作，"客从远方来"，"桔柚垂华实"，也是惊采绝艳了。作者和时代都隐没灭绝，但清新的音调特别深远，可悲啊！

　　①古诗：《文选·杂诗上》有《古诗十九首》，李善注："五言，并云'古诗'，盖不知作者。或云枚乘，疑不能明也。诗云：'驱马上东门'，又云：'游戏宛与洛'。此则辞兼东都，非尽是乘明矣。昭明以失其姓氏，故编在李陵之上。"李善注指出"古诗"是不知作者名的诗，大抵是东汉文人所作。现在一般认为是东汉桓帝、灵帝时的文人所作。
　　②体：指风格。因《国风》以四言为主，与五言诗体制不同。《国风》：《诗经》的十五《国风》，是周朝诸侯国的民歌。古诗为民间文人之作，近于《国

32

风》。

　　③陆机所拟十二首:《文选》有陆机《拟古诗十二首》。

　　④文温以丽:古直《诗品笺》:"'文温'以下赞古诗,非称陆机也。"

　　⑤其外"去者日以疏"四十五首:按"去者日以疏",为《文选·古诗十九首》中的第十四首,是钟嵘未见《古诗十九首》。

　　⑥总杂:繁杂。当指古诗中的风格不纯一。

　　⑦曹、王:指曹植、王粲。

　　⑧"客从远方来":《古诗十九首》的第十八首。"橘柚垂华实":古诗三首的第一首。惊绝:《文心雕龙·辨骚》:"惊采绝艳,难与并能矣。"

　　〔一〕陆机所拟十〔四〕二首:曹旭校,《竹庄诗话》、《诗人玉屑》作"十二首"。

　　这节是讲"古诗"的。"古诗"指东汉桓帝、灵帝时文人所作的五言诗,不知作者名,也没有题目,因称"古诗"。陆机有《拟古诗十二首》,"古诗"的名称或者是从这里来的。萧统选《文选》时,就古诗中选了十九首,称《古诗十九首》。钟嵘所看到的古诗,除陆机《拟古诗十二首》的古诗外,还看到四十五首古诗。

　　就古诗的作者说,《文心雕龙·明诗》说:"古诗佳丽,或云枚叔,其'孤竹'一篇,则傅毅之词。"《玉台新咏》载枚乘五言诗九首,有八首在《古诗十九首》中,萧统认为这八首不是枚乘作,钟嵘也不认为是枚乘作。《明诗》里讲到西汉作家,说:"而辞人遗翰,莫见五言。"也不承认枚乘作五言诗。《明诗》里肯定"'孤竹'一篇,则傅毅之词"。傅毅与班固同时,班固的《咏史》诗,写得质木无文采,所以像"冉冉孤生竹"那样成熟的诗,也不是傅毅那个时代的作品,钟嵘也不认为古诗中有傅毅的作品。钟嵘说:"旧疑是建安中曹、王所制。"即认为是曹植、王粲的作品。按曹植、王粲的诗都署名,古诗不署名。又《明诗》称建安五言诗:"并怜风月,狎池苑,述恩荣,叙酣宴,慷慨以任气,磊落以使才。"古诗写仕途失意、异乡飘泊,抒发苦闷忧伤的感情,也不是曹植、王粲所作。当是后汉桓帝、灵帝时失意的文人所作。

古诗的艺术性。《文心雕龙·明诗》:"观其结体散文,直而不野,婉转附物,怊怅切情,实五言之冠冕也。"称古诗直率而有文采,"婉转附物",即《物色》之"写气图貌,既随物以婉转",即工于描绘景物。"怊怅切情",即《风骨》的"怊怅述情,必始乎风。"指抒情的生动,故为五言之首。胡应麟《诗薮·五言》:"诗之难,其《十九首》乎!蓄神奇于温厚,寓感怆于和平。意愈浅愈深,词愈近愈远。篇不可句摘,句不可字求。""故能诣绝穷微,掩映千古。"主要称它通过浅近的词语,表达深远的情意,在温厚和平的辞气里,表达感怆的怀抱,显得神奇。这些话,可与钟嵘说的"文温以丽,意悲而远。惊心动魄,可谓几乎一字千金"互相发明。

汉都尉李陵①

其源出于《楚辞》②,文多凄怆怨者之流。陵,名家子,有殊才。生命不谐,声颓身丧。使陵不遭辛苦,其文亦何能至此!

他的诗的渊源从《楚辞》出来,文辞多是凄凉怨恨的人这一辈。李陵是著名人家的子弟,有杰出的才干。他命运不好,声名坏了,身死了。假使李陵不遭到这种苦难,他的作品又怎么能够达到这种程度!

①李陵(? —前74):汉成纪(在甘肃秦安县北)人,字少卿。名将李广之孙。汉武帝时,任骑都尉。天汉二年(前99),率步兵五千人出击匈奴,杀伤过当,战斗矢尽,遂降。单于立为右校王,在匈奴二十余年卒。见《汉书·李陵传》。

②《楚辞》:汉刘向编楚人屈原、宋玉、景差的辞赋,附汉人贾谊、东方朔等人用屈赋体写的辞赋,称为《楚辞》。

李陵的歌，见于《汉书·苏武传》，称：昭帝即位数年，匈奴与汉和亲。汉使求苏武等。单于许武还。李陵置酒贺武曰："异域之人，一别长绝。"因起舞，歌曰："径万里兮度沙漠，为君将兮奋匈奴。路穷绝兮矢刃摧，士众灭兮名已颓。老母已死，虽欲报恩将安归！"这是李陵的歌，是用《楚辞》调的。因此说"其源出于《楚辞》，文多凄怆怨者之流"，是对的。把这首歌列在上品也是对的。不过《诗品》是评五言诗的，李陵的五言诗，据逯钦立《先秦汉魏晋南北朝诗》，在汉诗的"古诗"中，列有《李陵录别诗二十一首》，称《文选》所载苏、李诗七首，《古文苑》载李陵录别诗十首，《北堂书钞》及《文选注》尚引李陵诗残篇两首，《古文苑》之孔融《杂诗》二首，亦原属李陵，则李陵录别诗共二十一首。又称："然检宋颜延之《庭诰》云：'逮李陵众作，总杂不类。元是假托，非尽陵制。'"又称："此二十一首种类虽杂，然无一切合李陵身世者。""前贤如苏轼、顾炎武等皆疑之固是。""曾就此组诗之题旨内容用语修辞等，证明其为后汉末年文士之作。"所以把它编入"古诗"。那末钟嵘把这些后人拟作的五言诗作为李陵作，不确。又把这些五言诗说成"源出于《楚辞》"，也不确。

汉婕妤班姬^①

其源出于李陵。"团扇"短章^②，词旨清捷，怨深文绮，得匹妇之致。侏儒一节，可以知其工矣^③。

她的诗的渊源从李陵诗出来。"团扇"短篇，辞意清新直捷，怨恨深沉，文辞绮丽，得到一个妇人的风致。只看到一个短篇，可以知道她工于诗了。

①婕妤：见《诗品序》注⑬，姓班，汉楼烦（今山西神池县境）人。汉成帝初即位，选入后宫，为婕妤。后赵飞燕姊妹得宠，婕妤失宠，求供奉太后长信宫，作赋自伤悼。成帝死，婕妤充奉园陵，死葬园中。

②"团扇"：即《文选》班婕妤《怨歌行》。

③侏儒一节：桓谭《新论·道赋篇》："谚曰：'侏儒见一节，而长短可知。'"侏儒，矮子。看到矮子身上的一节，如腿部，即知他的长短。

《汉书·外戚传·班倢伃传》称："倢伃退处东宫，作赋自伤悼，其辞曰：'……潜玄宫兮幽以清，应门（正门）闭兮禁闼扃，华殿尘兮玉阶苔，中庭萋兮绿草生。广室阴兮帷幄暗，房栊虚兮风泠泠。感帷裳兮发红罗，纷綷縩（衣声）兮纨素声。神眇眇兮密靓（静）处，君不御兮谁为荣。俯视兮丹墀，思君兮履綦（履下饰）。仰视兮云屋，双涕兮横流。顾左右兮和颜，酌羽觞兮销忧。……'"传里只讲她作赋，不讲她作歌。就她作赋说，说她的赋出于李陵，李陵的骚体诗出于《楚辞》，是对的。她的赋是抒情的，不同于司马相如的大赋，把她列入上品，也行。不过钟嵘是评五言诗的，看她的《怨歌行》："新裂齐纨素，皎洁如霜雪。裁为合欢扇，团团似明月。出入君怀袖，动摇微风发。常恐秋节至，凉飚夺炎热。弃捐箧笥中，恩情中道绝。"《玉台新咏》称："又作赋自伤，并为怨诗。"认为这首诗是她失宠后所作。但就诗看，"常恐秋节至，凉飚夺炎热"，那还是未失宠时写的，所以《玉台新咏》的话，不见于《汉书》本传，又和诗意不合，似不可信。《文心雕龙·明诗》说："至成帝品录，三百余篇，朝章国采，亦云周备；而辞人遗翰，莫见五言，所以李陵、班婕妤，见疑于后代也。"那末在刘勰以前，已有人疑心这首《怨歌行》不是班婕妤作的。严羽《沧浪诗话·考证》："班婕妤《怨歌行》，《文选》直作班姬之名，《乐府》以为颜延年作。"那末郭茂倩《乐府诗集》认为这是颜延之的拟作，不是班婕妤作。逯钦立汉诗注说："此诗盖魏代伶人所作，附此俟考。"也不认为班婕妤作。按班婕妤是前汉成帝时人。

前汉文人的作品，没有像这首诗那样写得成熟的。这首诗当同李陵的五言诗那样，是后人拟作的。沈德潜《古诗源》评："用意微婉，音韵和平，《绿衣》诸什，此其嗣响。"认为这首诗是继承《诗经·邶风·绿衣》的。就这首诗说，是继承《国风》的，不是继承《楚辞》的。

魏陈思王植①

其源出于《国风》。骨气奇高，词采华茂，情兼雅怨，体被文质，粲溢今古，卓尔不群②。嗟乎！陈思之于文章也，譬人伦之有周、孔，鳞羽之有龙凤，音乐之有琴笙，女工之有黼黻③。俾尔怀铅吮墨者，抱篇章而景慕，映余晖以自烛④。故孔氏之门如用诗，则公幹升堂，思王入室，景阳、潘、陆，自可坐于廊庑之间矣⑤。

他的诗的渊源从《国风》来。骨力和气韵特别高，辞藻富丽，情思兼具雅正幽怨，文体有文有质，文采超过今古作者，突出于作者群。唉！曹植的对于创作，好比伦常上有周公、孔子，虫类鸟类中有龙凤，乐器中有琴笙，女工刺绣中有刺天子礼服上的花纹。使得你们作者，怀抱文章而仰慕，映着余光来自照。所以孔子的门墙如果讲究作诗，那末刘桢登上堂，曹植进入室，张协、潘岳、陆机、自然可以坐在廊屋里了。

①陈思王植：曹植（192—232），字子建，汉谯（今安徽亳县）人。封陈王，死后谥思。
②骨气：骨指文辞挺拔有力，气指气韵生动，犹风骨。华茂：艳丽而丰富。雅：正。文质：有文有质，有文采有内容。粲：文采。卓：突出。
③黼黻（fǔ fú 府拂）：天子礼服上绣的花纹。
④怀铅吮墨：带笔润墨，指作者。铅，古人用铅写字。景：仰慕。烛：照。

公幹:刘桢字。景阳:张协字。潘:潘岳。陆:陆机。廊庑:堂前的廊屋。《论语·先进》:"由也升堂矣,未入于室也。"由,孔子学生子路名由。孔子认为子路的学问已经升堂,还未入室。升堂比中等,入室比高等。坐廊庑,比初等。按《汉书·艺文志》:"如孔氏之门人用赋也,则贾谊升堂,相如入室矣。"这里仿照它的说法。

　　这节讲曹植的五言诗,极为推重,用《孟子·公孙丑上》推重孔子的话来推重曹植的诗。孟子引:"有若曰:'岂惟民哉!麒麟之于走兽,凤凰之于飞鸟,泰山之于丘垤,河海之于行潦,类也。圣人之于民,亦其类也。出于其类,拔乎其萃,自生民以来,未有盛于孔子也。'"钟嵘就用这样的话来推崇曹植的五言诗。他推崇曹植的诗为"情兼雅怨",这是本于司马迁推崇屈原《离骚》,《史记·屈原传》:"《国风》好色而不淫,《小雅》怨诽而不乱,若《离骚》者,可谓兼之矣。"又说:"屈原之作《离骚》,盖自怨生也。""情兼雅怨",认为曹植的诗兼有《诗经》的《小雅》和《离骚》的怨恨,即就风格说,出于《国风》,就思想感情说,兼有《小雅》和《离骚》的雅正和幽怨,极为推重,比作"人伦之有周、孔",推崇到极点。李瀚《蒙求集注》:"谢灵运尝云:'天下才共有一石,曹子建独得八斗,我得一斗,自古及今同用一斗,奇才敏捷,安有继之。'"这是讲曹植富于才华。

魏文学刘桢①

　　其源出于《古诗》。仗气爱奇,动多振绝。〔真〕贞骨凌霜〔一〕,高风跨俗。但气过其文,雕润恨少。然自陈思以下,桢称独步。

　　他的诗渊源从《古诗》来。倚仗气势,爱好奇异,每作多绝对振起。真正的骨力凌驾于严霜,卓越的风韵超过世俗。但是气势超过他的文采,修饰润泽恨少。然而从曹植以下,刘桢称为惟一的作者。

①刘桢(? —217):汉末东平(在今山东省)人,字公幹,为建安七子之一。曹操用为丞相掾属,又为太子文学。《隋书·经籍志》有"魏太子文学《刘桢集》四卷"。

〔一〕〔真〕贞:曹旭校:"《退翁书院抄本》、《对雨楼丛书》、《择是居丛书》、《竹庄诗话》、《诗人玉屑》,'真'皆作'贞'。"按贞,正也,当作贞。

曹丕《典论·论文》,称"刘桢壮而不密"。曹丕《与吴质书》:"公幹有逸气,但未遒耳。其五言诗之善者,妙绝时人。"说刘桢的文章有逸气,遒劲不够。但称他的五言诗。那末他的五言诗还是遒劲的,即"贞骨凌霜"的。谢灵运《拟邺中集》诗:"刘桢诗"小序:"卓荦偏人,而文最有气,所得颇经奇。"指刘桢诗,卓越而特出于人,有气势,颇为合于常道而不平凡。《文心雕龙·体性》:"公幹气褊,故言壮而情骇。"指他气度窄,语言壮厉,情思惊人。钟嵘从刘桢诗的骨力气韵说,故用来配曹植诗,但又认为他的诗文采不足。方东树《昭昧詹言》:"(公幹诗)直书胸臆,一往清警,缠绵悱恻,自是一体。……大约此体但用叙事,羌无故实,而所下句字必朴质沉顿,感慨深至,不雕琢字法。"因此认为他可以配曹植。古直笺:"《典论》又云:'刘桢壮而不密。'其不能飞轩绝迹,一举千里,亦明矣。'独步'之评,非笃论也。"

魏侍中王粲①

其源出于李陵。发愀怆之词,文秀而质羸。在曹、刘间别构一体。方陈思不足,比魏文有余。

他的诗的渊源从李陵来。发出悲凉的文词，文辞清秀而体质瘦弱。在曹植、刘桢中间别树一种风格，比曹植不足，比曹丕有余。

①王粲(177—217)，三国魏高平(在今山东邹县西南)人，字仲宣。为建安七子之一。任丞相掾，官至侍中。

钟嵘称李陵诗"多凄怆怨者之流"为出于《楚辞》，所以称王粲诗"发愀怆之词"，为出于李陵。按王粲从长安到荆州，写乱后景象，作《七哀诗》，音调悲凉，所以称"发愀怆之词"。曹丕《典论·论文》称"王粲长于辞赋"，"如粲之《初征》、《登楼》、《槐赋》、《征思》"，"虽张、蔡(张衡、蔡邕)不过也。"称赞他的赋。曹植《王仲宣诔》："强记洽闻，幽赞微言。文若春华，思若涌泉。发言可咏，下笔成篇。何道不洽，何艺不闲。"称赞他博学，下笔敏捷，各种文体都精能。刘勰《文心雕龙·才略》称："仲宣溢才，捷而能密，文多兼善，辞少瑕累，摘其诗赋，则七子之冠冕乎！"认为王粲的诗赋，除曹植外，是建安七子中为首的，即认为王粲胜过刘桢。钟嵘称刘桢："自思王以下，桢称独步。"认为刘桢胜过王粲。曹丕《与吴质书》："仲宣独自善于辞赋，惜其体弱，不足起其文。"认为他的身体弱，影响他的作品。那当也认为王粲不如刘桢。沈约《宋书·谢灵运传论》："至于建安，曹氏基命，二祖(曹操、曹丕)、陈、王(曹植、王粲)咸蓄盛藻，甫乃以情纬文，以文被质。""子建、仲宣以气质为体，并标能擅美，独映当时。"这里都把曹植与王粲并提。称两人气质不同，风格不一，都是标能擅美，独映当时，这就同于刘勰称王粲为建安七子之首。萧纲《与湘东王书》："但以当世之作，历方古之才人，远则扬、马、曹、王(扬雄、司马相如、曹植、王粲)，近则潘、陆、颜、谢(潘岳、陆机、颜延之、谢灵运)。"也把曹植、王粲并提。方东树《昭昧詹言》："建安七子除陈思，其余略同，而仲宣为伟，局面阔大。公干气紧,不如仲宣。"也认为王粲胜过刘桢。钟嵘《诗品序》称"昔曹刘为文章之圣",称刘桢为文章之圣者,与曹植并称。与以上各家推重王粲不同。现在看来,王粲的《登楼赋》、《七哀诗》,极为传诵,非刘桢能比。

晋步兵阮籍[①]

其源出于《小雅》。无雕虫之〔功〕巧[②]〔一〕。而《咏怀》之作,可以陶性灵,发幽思。言在耳目之内,情寄八荒之表。洋洋乎会于《风》《雅》,使人忘其鄙近,自致远大,颇多感慨之词。厥旨渊放,归趣难求。颜延年注,怯言其志[③]。

他的诗的渊源从《小雅》来。没有雕章琢句的功夫。《咏怀》诗的创作,可以陶冶性灵,阐发深远的思想。讲的是在于听到看到的范围内,情思寄托在八方荒远的地方以外。内容丰富得合于《诗经》中的《风》《雅》,使人忘掉他的鄙陋浅近,自己达到远大的境界,很多感慨的话。它的意旨深远,趣向难以找到。颜延之的注,胆怯而不敢说他的意旨。

①阮籍(210—263):三国魏尉氏(在今河南开封市内)人,字嗣宗。曾做过步兵校尉。他博览群书,爱好《老子》、《庄子》的学说。他生活在魏晋易代之际,名士少有保全的,他因此纵酒谈玄,不评论时事,以求保全。著有《咏怀诗》八十二首,含蓄地表达他的意旨,所以说"归趣难求"。

②雕虫:扬雄《法言·吾子》:"或问:'吾子少而好赋?'曰:'然。童子雕虫篆刻。'俄而曰:'壮夫不为也。'"汉朝学童学习秦代书法有八体,中有虫书、刻符两体,纤巧难工。因借称雕章琢句。

③颜延年注:《文选》李善注:"颜延年曰:'嗣宗身仕乱朝,常恐罹谤遇祸,

因兹发咏,故每有忧生之嗟。虽志在刺讥,而文多隐避。百代之下,难以情测,故粗明大意,略其幽旨也。"

〔一〕〔功〕巧:曹旭校:"《竹庄诗话》、《诗人玉屑》、《太平御览》、'功'均作'巧'。"

刘勰《文心雕龙·明诗》称"阮旨遥深",即指《咏怀》诗的旨趣深远。又《体性》称"嗣宗俶傥,故响逸而调远。"指他秉性不受礼法拘束,诗音节嘹亮而格调卓越。又《才略》称:"嵇康师心以遣论,阮籍使气以命诗,殊声而合响,异翮而同飞。"认为嵇康与阮籍,作品风格不同,但都能够飞腾。王夫之《古诗评选》:"步兵《咏怀》自是旷代绝作,远绍《国风》,近出入于《十九首》,而以高朗之怀,脱颖之气,取神似于离合之间,大要如晴云出岫,舒卷无定质。而当其有所不极,则弘忍之力,内视荆、聂(荆轲、聂政)矣。且其托体之妙,或以自安,或以自悼,或标物外之旨,或寄疾邪之思;意固径庭,而言皆一致,信其但然而又不徒然;疑其必然而彼固不然。不但当时雄猜之渠长,无可施其怨忌,且使千秋以还了无觅脚根处。盖诗之为教,相求于性情,固不当容浅人以耳目荐取,况公且视刘、项(刘邦、项羽)为孺子。则人头畜智者令可测公,不几令泗上亭长(刘邦)反唇哉!"王夫之称阮籍《咏怀》,怀抱高明,气韵突出。所写的忧生之嗟,或离或合。有以自安,有以自悼,或标物外之旨,有取于《庄子》;或寄疾邪之思,似必然而又不然。指出他的旨趣深远,而文多隐避,所以是旷代绝作。

方东树《昭昧詹言》称:"怀忠良执守纲常大义之君子无人,故己哀伤憔悴而著此诗,托言羁旅,延年所谓隐避也。此全从屈子《惜诵》'同极异路'、《九辩》'羁旅而无友生'等意出。大约不深解《离骚》,不足以读阮诗。"又云:"何(焯《义门读书记》)云:'阮公源出于《骚》,而钟记室以为出于《小雅》。'愚谓《骚》与《小雅》,特文体不同耳;其悯时病俗,忧伤之旨,岂有二哉! 阮公之时与世,真《小雅》之时与世也,其心则屈子之心也。以为《骚》,以为《小雅》,皆无不可。而其文之宏放高迈,沉痛幽深,则于《骚》《雅》皆近之。"

晋平原相陆机[1]

其源出于陈思。才高词赡,举体华美。气少于公干,文劣于仲宣。尚规矩,不贵绮错,有伤直致之奇[2]。然其咀嚼英华,厌饫膏泽,文章之渊泉也。张公叹其大才[3],信矣。

他的诗的渊源从曹植来。才分高,辞藻富,整体华美。气势比刘桢少,文辞比王粲拙劣。看重规矩,不看重绮丽交错,有损害直接安排的奇巧。然而他的咬嚼精华,饱尝肥美,是文章的渊源。张华赞美他的大才,确实了。

[1]陆机(261—303),西晋吴郡华亭(在今江苏松江县)人,字士衡。太康末与弟云入洛阳,以文才名重一时。成都王司马颖用为平原内史。晋改平原为国,因称平原相。后颖攻长沙王司马乂,任机为河北大都督,战败,为颖所杀。

[2]绮错:绮丽交错,指编织文采。直致:直接安排。

[3]《世说新语·文学》刘孝标注引《文章传》曰:"机善属文,司空张华见其文章,篇篇称善,犹讥其大治,谓曰:'人之作文,患于不才,至子为文,乃患太多也。'"

陆云《与兄平原书》:"兄文章之高远绝异,不可复称言,然犹皆欲微多,但清新相接,不以为病耳。若复令小省,恐其妙欲不见,可复称极,不审兄由以为尔否?"这是称美陆机文"高远绝异",虽稍多,不以为病。

刘义庆《世说新语·文学》:"孙兴公(绰)云:'潘文烂若披锦,无处不善。陆文若排沙简金,往往见宝。'"这是说陆机文不如潘岳。

刘勰《文心雕龙·熔裁》:"至如士衡才优,而缀辞尤繁;士龙思劣,而雅好清省。及云之论机,亟恨其多,而称清新相接,不以为病,盖崇友于耳。"这是说,陆机文繁是不好的,陆云认为虽多而不以为病,这只是推崇兄弟的情义罢了。

王夫之《古诗评选》:"陆以不秀而秀,是云夕秀。乃其不为繁声,不为切句,如此作者,风骨自拔,固不许两潘(潘岳、潘尼)腐气所染。"又称:"平原拟古,步趋如一,然当其一致顺成,便尔独舒高调。一致则净,净则文,不问创守,皆成独构也。"这是推重陆机的拟古为独构,认为陆机胜过潘岳。王夫之认为陆机的诗"是云夕秀",即陆机《文赋》所谓"谢朝华于已披,启夕秀于未振"。又称"风骨自拔",认为有风骨所以超过潘岳。刘熙载《艺概·诗概》:"士衡乐府,金石之音,风云之气,能令读者惊心动魄。虽子建诸乐府,且不得专美于前,他何论焉。"看来陆机的乐府诗和《文赋》,确实非潘岳所能及,应该是超过潘岳。

晋黄门郎潘岳[①]

其源出于仲宣。《翰林》叹其翩翩然如翔禽之有羽毛,衣服之有绡縠[②],犹浅于陆机。谢混云:"潘诗烂若舒锦,无处不佳;陆文如披沙简金,往往见宝[③]。"嵘谓益寿轻华,故以潘为胜;《翰林》笃论,故叹陆为深。余常言:"陆才如海,潘才如江。"

他的诗的渊源从王粲来。李充《翰林论》赞美他的诗轻快地像飞鸟的有羽毛,衣服的有薄的绡纱,还比陆机的诗浅薄。谢混说:

44

"潘岳的诗光彩得像展开织锦,没有一处不美好的;陆机的作品像沙里淘金,往往看见宝贝。"钟嵘说谢混的诗轻薄而有华采,所以称潘岳为美好;李充议论切实,所以赞美陆机作品深沉。我常说:"陆机的文才像大海,潘岳的文才像长江。"

①潘岳(247—300),晋中牟(在今河南省)人,字安仁。官至给事黄门侍郎,谄事贾谧(mì密)。赵王司马伦专政,中书令孙秀诬潘岳谋反,族诛。
②《翰林》:晋人李充,字弘度,著《翰林论》。引文见《初学记》引李充《翰林论》。绡縠:薄纱和皱纱。
③谢混:晋人,字叔源,小字益寿。官至尚书左仆射。因亲近刘毅被杀。引文,《世说新语·文学》注以为孙绰语,两说不同。

刘义庆《世说新语·文学》:"孙兴公(绰)云:'潘文浅而净,陆文深而芜。'"认为两家各有优劣,但陆机文的深,还胜于潘岳文的浅。刘勰《文心雕龙·体性》:"安仁轻敏,故锋发而韵流。士衡矜重,故情繁而辞隐。"潘岳轻薄而敏慧,故锋芒发露,情韵流畅。陆机庄重,所以情思繁富,文辞含蓄。两人各有优劣,但含蓄胜过韵流,庄重胜过轻薄,还以陆机胜过潘岳。又《才略》:"潘岳敏给,辞自和畅,钟美于《西征》,贾余于哀诔,非自外也。陆机才欲窥深,辞务索广,故思能入巧而不制繁。"这也是说潘陆两家各有优劣。潘岳敏捷,《西征赋》写得好,哀吊作品也写得好。陆机作品要求深广,思能入巧,缺点是不能制止繁多。

王夫之《古诗评选》:"……(潘)尼、(孙)楚、(傅)咸、(成公)绥之陋,既皆黄茅白苇,棘目烦心,(潘)安仁为其领袖,差有津欣之致,顾如《河阳》《怀县》《悼亡》诸作,世所推奖,乃其一情一景,一今一昔,自以为经纬,而举止烦扰,既措大买驴之券,音容嗫嗫,亦翁妪摊絮之谈。"这里批评潘岳的诗,最有名的是《悼亡》诗,批评它"一情一景,一今一昔",如《悼亡》:"岁寒无与同,朗月何胧胧。展转晒枕席,长簟竟床空。床空委清尘,室虚来悲风。独无李氏灵,仿佛睹尔容。"这里写"岁寒""朗月""枕席""长簟""悲风"是景,写"无与同""床空""委清尘"是情,即一景一情。写"床空委清尘"是一今,写"独无李氏容",写汉武帝请方士李少君召李夫人神来,是古。但这样写如博士买驴,书三券不见驴字,批评他写得繁琐不真切。称陆机诗是"夕秀",是"风骨自拔"(见陆机节),自然以为陆胜于潘。

陈祚明《采菽堂古诗选》:"安仁情深之子,每一涉笔,淋漓倾注,宛转侧折,旁写曲诉,刺刺不能自休。夫诗以道情,未有情深而语不佳者;所嫌笔端繁冗,不能裁节,有逊乐府古诗含蕴不尽之妙耳。安仁过情,士衡不及情;安仁任天真,士衡准古法。夫诗以道情,天真既优,而以古法绳之,曰未尽美,可也。盖古人之能用法者,中亦以天真为本也。情则不及,而曰吾能用古法,无实而袭其形,何益乎?故安仁有诗而士衡无诗。钟嵘惟以声格论诗,曾未窥诗旨。其所云'陆深而芜,潘浅而净',互易评之,恰合不谬矣。不知所见何以颠倒至此!"这个评论,认为潘岳有诗而陆机无诗,认为潘诗有情而任天真;陆诗不及情而准古法。那自然是潘远胜于陆了。

可王夫之认为潘诗的"一情一景,一今一昔",如博士写买驴券,三纸不及驴字,即烦扰而不中。那潘诗的有情而任天真,还不够真切。说陆诗不及情而任古法,即就陆机《为顾彦先赠妇诗》:"京洛多风尘,素衣化为缁。"这说明陆诗的写情更为深沉,更胜于潘的浅露,那还是陆胜于潘了。

晋黄门郎张协[①]

其源出于王粲。文体华净,少病累。又巧构形似之

46

言。雄于潘岳,靡于太冲。风流调达,实旷代之高手。词采葱蒨②,音韵铿锵,使人味之亹亹不倦③。

他的诗的渊源从王粲来。作品风格华美洁净,少毛病。又巧妙地组织形象的话。比潘岳诗雄壮,比左思诗绮靡。风流畅达,确实是超越一代的高才。辞藻丰富,音韵响亮,使人体味起来娓娓不倦。

①张协(?—307),安平(今属河北省)人,字景阳。曾任中书侍郎,转河间内史。见晋朝已乱,辞官回家。后征为黄门侍郎,托病不就。与兄张载及当代名人张华齐名,并称"三张"。

②葱蒨:青翠茂盛,蒨指丰富。

③亹亹:同娓娓,形容动听。

刘勰《文心雕龙·明诗》称:"景阳振其丽。"又《才略》称:"孟阳(张载)景阳,才绮而相埒(相等)。"又《时序》称张协:"结藻清英,流韵绮靡。"刘勰论张协诗,注意他的辞采音韵。钟嵘又提他"巧构形似之言",注意他的诗工于描写景物,又把他跟潘岳、左思作比。何焯《义门读书记》:"张景阳《杂诗》'朝霞'首,'丛林森如束',钟记室所谓'巧构形似之言'。"如张协《杂诗》之一:"房栊无行迹,庭草萋以录,青苔依空墙,蜘蛛网四屋。"用四句写景物,来衬出思妇孤独寂寞的感受,即描写景物来反映人物的心情,即"巧构形似之言"。又《杂诗》之四:"丛林森如束。"用"森如束"来比"丛林",是描写景物,何焯也认为是"巧构形似"。不过这种比喻,前人已用得多了,不是张协诗的特色,因此巧构形似,主要当指前一种吧。

刘熙载《艺概·诗概》说:"张景阳诗开鲍明远。明远遒警绝人。然练不伤气,必推景阳独步。'苦雨'诸诗尤为高作,故钟嵘《诗品》独称之。""苦雨"即《杂诗》之十:"云根临八极(八方极远处),雨足

（点）洒四溟（海）。霖沥过二旬（二十日），散漫亚九龄（次于尧有九年洪水）。阶下伏泉涌，堂上水衣（苔）生。洪潦浩方割（害），人怀昏垫（溺）情。"类似这样的写法，虽然也用典故，如"八极"、"九龄"、"水衣"、"方割"、"怀昏垫"，但比较自然，与鲍照诗的凝练不同。张协诗有气势，与潘岳诗的和缓不同。

晋记室左思①

其源出于公幹。文典以怨，颇为精切，得讽喻之致。虽野于陆机②，而深于潘岳。谢康乐尝言："左太冲诗，潘安仁诗，古今难比③。"

他的诗的渊源从刘桢来。文辞典雅而怨，很是精练确切，得到讽喻的意趣。虽比陆机诗质朴，却比潘岳诗深沉。谢灵运曾经说："左思诗，潘岳诗，古人和今人难以相比。"

①左思，临淄（在今山东省）人，字太冲。作《三都赋》，名重一时。豪贵家竞相传抄，洛阳为之纸贵。贾谧举为秘书。谧诛，归乡里。齐王司马冏聘为记室，辞疾不就。

②野：《论语·雍也》："质胜文则野。"指质朴。

③古今难比：左思诗最著名的为《咏史诗》，潘岳有《关中诗》十六首，咏晋平定氐族齐万年于关中作乱，亦为咏史诗，皆与东汉班固《咏史诗》不同，古人与今人所作难以相比，即今胜于古。

刘勰《文心雕龙·才略》："左思奇才，业深覃思，尽锐于《三都（赋）》，拔萃于《咏史》，无遗力矣。"指出左思功力深，思想也深，诗中杰出之作是《咏史》。《文选》六臣注吕向说："是诗之意，多以喻己。"左思的《咏史》，与班固的《咏史》不同。班固是咏历史上的一件事,见下品论班固条。左思是写自己的思想抱负,所以成为独创。如第一首:"弱冠弄柔翰,卓荦观群书。著论准《过秦》,作赋拟《子虚》。"是讲自己二十岁时,著论文学贾谊的《过秦论》,作赋模仿司马相如的《子虚赋》。下面讲"铅刀贵一割,梦想骋良图。"自己想发挥铅刀一割之用,为国家建功立业。"功成不受爵,长揖归田庐。"功成身退。又如第二首:"郁郁涧底松,离离山上苗。以彼径寸茎,荫此百尺条。世胄摄高位,英俊沉下僚。地势使之然,由来非一朝。"反映了寒门出身的英才沉在下位,士族门阀子弟登上高位,揭露了门阀制度的不合理。又第五首:"被褐出阊阖(里门),高步追许由(隐士)。振衣千仞冈,濯足万里流。"又在《招隐》诗中称:"非必丝与竹,山水有清音。"

陈祚明《采菽堂古诗选》:"太冲一代伟人,胸次浩落,洒然流咏。似孟德(曹操)而加以流丽,仿子建(曹植)而独能简贵。创成一体,垂式千秋。其雄在才,而其高在志。有其才而无其志,语必虚骄;有其志而无其才,音难顿挫。钟嵘以为'野于陆机',悲哉!彼安知太冲之陶乎汉魏,化乎矩度哉!"这里推重左思的诗,才雄志高,有独创,极是。沈德潜《古诗源》左思下注:"钟嵘评左诗,谓'野于陆机',此不知太冲者也。太冲胸次高旷,而笔力又复雄迈,陶冶汉魏,自制伟词,故是一代作手,岂潘、陆辈所能比埒。"这样的批评是正确的。

宋临川太守谢灵运①

其源出于陈思,杂有景阳之体,故尚巧似,而逸荡过之,颇以繁富为累。嵘谓若人兴多才高,寓目辄书。内无乏思,外无遗物,其繁富,宜哉!然名章迥句,处处间起;丽典新声,络绎奔会。譬犹青松之拔灌木,白玉之映尘沙,未足贬其高洁也。初,钱唐杜明师夜梦东南有人来入其馆,是夕,即灵运生于会稽。旬日,而谢安亡②,其家以子孙难得,送灵运于杜治养之③。十五方还都,故名客儿。

他的诗的渊源从陈思王曹植来,夹杂着张协的体裁,所以崇尚巧妙和形似,而飘逸动荡超过他。很以繁富为累。嵘说这人兴趣多,才华高,眼睛看到的往往写成诗,诗对内没有缺乏情思,对外没有遗漏景物,他写得繁富,是应该啊!然而有名的章节,杰出的语句,处处从中起来;绮丽的典故,清新的声调,继续不断地跑来会合,好比青松从灌木中挺拔起来,白玉在尘沙中映照出来,不够贬低它的崇高洁净。开始时,钱唐人杜明长老夜里梦见东南方有人来到他的馆内,这天夜里,灵运就诞生在会稽。十天内,谢安死了。他家因子孙难得,送灵运在杜治长养,十五岁才回都,所以名叫客儿。

①谢灵运(385—433):谢玄孙,袭封康乐公。南朝宋阳夏(河南太康县)人。初为宋武帝太尉参军。少帝时为永嘉太守,肆意遨游。文帝时为侍中,又为临川内史,流徙广州,以谋反罪被杀。有诗文集传世。

②谢安(320—385):谢玄叔。原作谢玄。曹旭校:叶笑雪先生《谢灵运诗选》据《资治通鉴》及《晋书·谢灵运传》,都记太平十三年正月,玄死于会稽,时灵运已四岁。据《通鉴》,谢安卒于太元十年八月二十二日,恰好与钟嵘的说法相合,可证钟嵘记错了人。"玄"当为"安"之形误。

③杜治:杜家奉道的清静室,当即杜明长老处。

刘勰《文心雕龙·明诗》:"宋初文咏,体有因革,庄老告退,而山水方滋;俪采百字之偶,争价一句之奇,情必极貌以写物,辞必穷力而追新,此近世之所竞也。"这里讲刘宋初的"庄老告退",即玄言诗退出诗坛。"山水方滋",即谢灵运的山水诗正盛。山水诗是"极貌

50

以写物"，通过极力刻画山水的形貌来写，从中抒发感情；文辞要"穷力而追新"。

《文心雕龙·物色》又称："自近代以来，文贵形似，窥情风景之上，钻貌草木之中。吟咏所发，志惟深远，体物为妙，功在密附。"这里的"自近代以来"，即上文说的"此近世之所尚也"，即是崇尚山水诗。说"文贵形似"，即《诗品》里说的"杂有景阳之体，故尚巧似"。所谓"巧似"，即"巧构形似之言"。灵运怎样巧似，即《物色》里讲的："窥情风景之上，钻貌草木之中。"他从风景中看到景物的情态，从草木中看到草木的形貌。即他在诗中所写的情态和形貌，是景物和草木本身所具备的，不是作者以自己的情思加到景物上去的。如《过始宁墅》："白云抱幽石，绿筱媚清涟。"他看到白云围绕在山石上，因此写出"抱幽石"来，看到绿的小竹枝轻拂着山泉，因写出"媚清涟"。"抱"和"媚"都是有情味的词，他是从景物本身中看出来的。再像《石壁精舍还湖中作》写湖中所见景物："芰荷迭映蔚，蒲稗相因依。"写菱叶和荷叶的光色互相映照，蒲和稗草互相依倚，写出物的情态来，这些情态，是从物中看出来的，不是作者把自己的情趣加上去的。这首诗的末四句："虑淡物自轻，意惬理无违。寄言摄生者，试用此道推。"这样欣赏景物，名利的考虑就轻了，满足于景物之美，自然不违于理，寄言保养生命的人，试用这个道理来推求。这就是"吟咏所发，志惟深远"了。所以称为"内无乏思，外无遗物"了。

中　品

汉上计秦嘉①　嘉妻徐淑②

　　夫妻事既可伤，文亦凄怨。二汉为五言诗者〔一〕，不过数家，而妇人居二。徐淑叙别之作，亚于团扇矣。

　　夫妻分别的事既是可以悲伤，文辞也凄凉哀怨。两汉作五言诗的，不过几家，而妇人居二家。徐淑叙别的诗，次于班姬的团扇诗了。

　　①秦嘉：字士会，东汉桓帝时陇西（郡名，治狄道，在今甘肃陇西县西南）人。为郡上掾。有《赠妇诗》三首。上计：一年终，把一年的经济、文书、功状送上朝廷。秦嘉入京城洛阳，拜黄门郎，居数年，死于津乡亭。
　　②徐淑：陇西郡人。秦嘉妻。嘉仕郡，淑居下县，有病。嘉将入京上计，以车迎淑，淑病不能来，嘉作诗三首赠淑，淑有答诗。嘉死，淑兄将嫁淑，淑誓不许，领养一子为嘉嗣，哀毁伤生而死。死后，领养子还归所生。朝廷有人致书其乡邑，令淑领养子回来继承秦嘉作嗣子。淑所著诗文，有集一卷。
　　〔一〕二汉为五言诗者：曹旭校：《吟窗杂录》、《格致丛书》、《诗法统宗》、《砕评词府灵蛇》及《竹庄诗话》，均作“二汉为五言者”。

　　按秦嘉有《赠妇诗》三首，第一首称：“念当奉时役，去尔日遥远。遣车迎子还，空往复空返。省书情凄怆，临食不能顾。”第三首称：“何用叙我心，遗思致款诚。宝钗好耀首，明镜可鉴形。芳香去

52

垢秽，素琴有清声。诗人感木瓜，乃欲答瑶琼。愧彼赠我厚，惭此往物轻。"

又秦嘉《重与妻书》："间得此镜，既明且好，形影文彩，世所希有，意甚爱之，故以相与。并致宝钗一双，价值千金。龙虎组履一纳，好香四种各一斤。素琴一张，常所自弹也。明镜可以镜形，宝钗可以耀首，芳香可以馥身去秽，麝香可以辟恶气。素琴可以娱耳。"

徐淑《答秦嘉诗》："妾身兮不令，婴疾兮来归。沉滞兮家门，历时兮不差。旷废兮侍觐，情敬兮有违。君今兮奉命，远适兮京师。悠悠兮离别，无因兮叙怀。……恨无兮羽翼，高飞兮相追。长吟兮永叹，泪下兮沾衣！"

又徐淑《报嘉书》："既惠音令，兼赐诸物，厚顾殷勤，出于非望。镜有文彩之丽，钗有殊异之观，芳香既珍，素琴益好。惠异物于鄙陋，割所珍以相赐，非丰恩之厚，孰肯若斯。览镜执钗，情想仿佛。操琴咏诗，思心成结。敕以芳香馥身，喻以明镜鉴形，此言过矣，未获我心也。昔诗人有飞蓬之感，班婕妤有谁荣之叹。素琴之作，当须君归，明镜之鉴，当待君兴。未奉光仪，则宝钗不设也；未侍帷帐，则芳香不发也。"观秦嘉、徐淑诗，亦《文心雕龙·明诗》所称汉诗："观其结体散文，直而不野，婉转附物，怊怅切情，实五言之冠冕也。"钟嵘或以文采不足，故列为中品。

魏文帝[①]

其源出于李陵，颇有仲宣之体。则〔新奇〕所计百许篇[一]，率皆鄙直如偶语。惟"西北有浮云"十余首，殊美赡可玩，始见其工矣。不然，何以铨衡群彦，对扬厥弟者耶？[②]

他的诗渊源从李陵出来,很有王粲的风格。就所计百把篇,大概都鄙陋质朴像对话。只有"西北有浮云"十多首,极美好丰富可以赏玩,开始看到他的工巧了。不这样,用什么来评量众才人,对答他的弟弟啊?

①魏文帝:曹丕(187—226),三国魏沛国谯(今安徽亳县)人。曹操次子。操死,继位为魏王,代汉称帝,为魏文帝。著有《典论》及诗赋等。

②对扬:本指臣子对答称赞君主,这里只指对答。

〔一〕则〔新奇〕所计:曹旭校:"《历代诗话》、《萤雪轩》,'新奇'作'所计',《诗人玉屑》作'新歌'。"

说"其源出于李陵",当指《文选》有李陵《与苏武诗》三首,如"良时不再至,离别在须臾"。这是后人拟作,并非李陵作。钟嵘说"其源出于李陵",即指后人拟作的李陵五言诗,这些诗既非李陵作,这话就不对了。说"所计百许篇,率皆鄙直如偶语",按曹丕诗,今存五言诗二十余首,所谓"鄙直如偶语"的百篇诗,已不可见。赞美的"西北有浮云"是《杂诗》第二首。

对曹丕诗的评价,《文心雕龙·才略》称:"魏文之才,洋洋清绮。旧谈抑之,谓去植千里;然子建思捷而才俊,诗丽而表逸,子桓虑详而力缓,故不竞于先鸣;而乐府清越,《典论》辩要,迭用短长,亦无懵焉。但俗情抑扬,雷同一响,遂令文帝以位尊减才,思王以势窘益价,未为笃论也。"刘勰是从整个作品来考虑的。如曹丕的乐府《燕歌行》为魏七言诗的开创,曹植是没有的;如《典论·论文》为文学批评之作,所论也超过曹植的文学评论。不过钟嵘只评五言诗,五言诗的创作,曹丕是次于曹植。王夫之《薑斋诗话》卷下,则又推尊曹丕在曹植之上,称:"建立门庭,自建安始。曹子建铺排整饰,立阶级以赚人升堂,用此致诸趋赴之客,容易成名,伸纸挥毫,雷同一律。子桓精思逸韵,以绝人攀跻,故人不乐从,反为所掩。子建

54

以是压倒阿兄，夺其名誉。实则子桓天才骏发，岂子建所能压倒耶！"按王夫之所论，亦当指曹丕的《燕歌行》七言诗，当时五言诗盛行，故七言诗"绝人攀跻"。其实就五言诗说，当时曹植与曹丕的五言诗，都会影响当时作者，如曹丕《芙蓉池作诗》："卑枝拂羽盖，修条摩苍天"，"丹霞夹明月，华星出云间"，这样对偶的句子，也影响当时和后来的作者，都趋向对偶，并不只是曹植的诗影响时人和后来者。王夫之不专就五言诗立论，可以这样说，就五言诗立论，就不必专责曹植建立门庭，而曹丕的五言诗是次于曹植。

晋中散嵇康[①]

颇似魏文。过为峻切，讦直露才[②]，伤渊雅之致。然托喻清远，良有鉴裁，亦未失高流矣。

很像魏文帝。过于高亢激切，揭发质直，显露才能，伤害深沉雅正的风度。然而比喻清新深远，很有鉴赏和裁断，也没有失掉卓越的流派了。

①嵇康(223—262)：字叔夜，三国魏谯国铚(今安徽宿县西南)人。为魏中散大夫，此作"晋"，误。时司马氏掌权，山涛为选曹郎，举康代己，康答书拒绝。后因吕安远贬，致书于康，欲推翻司马氏，康因与吕安俱被司马昭所杀。
②讦直：《论语·阳货》："恶讦以为直者。"讦指发人过错。

嵇康和曹魏皇室连姻，不愿在司马氏专政下出仕。山涛荐他代己，他自然拒绝，只说自己不合适，没有攻击人，不能称讦直。《晋书·嵇康传》："康居贫，尝与向秀共锻于大树之下，以自赡给。颍川钟会，贵公子也，精练有才辩，故往造焉。康不为之礼，而锻不辍。良久会去，康谓曰：'何所闻而来？何所见而去？'会曰：'闻所闻而来，见所见而去。'会以此憾之。"这说明嵇康得罪了钟会。但嵇康没有揭发什么，不应称"讦直"。《世说新语·雅量》引《晋阳秋》："初，康与东平吕安亲善。安嫡兄逊淫安妻徐氏，安欲告逊遣妻，以咨于康，康喻而抑之。"吕逊淫吕安妻徐氏，吕安要控告吕逊，嵇康压止吕安不要控告。这更不是讦直。《文心雕龙·明诗》称"嵇志清峻"，因称他"过为峻切"，是对的。但嵇康的诗，他的代表作是四言诗，如《赠兄秀才入军》诗："息徒兰圃，秣马华山。流磻平皋，垂纶长川。目送归鸿，手挥五弦。俯仰自得，游心太玄。嘉彼钓叟，得鱼忘筌，郢人逝矣，谁与尽言！"写的是隐士的生活。"目送归鸿"四句，尤为有名。所谓"托喻清远"，"未失高流"是对的。按嵇康有《五言赠秀才诗》："双鸾匿景曜，戢翼太山崖。抗首漱朝露，晞阳振羽仪。长鸣戏云中，时下息兰池。自谓绝尘埃，终始永不亏。……"他的五言诗，也"托喻清远，良有鉴裁"，也是好的。

晋司空张华①

其源出于王粲。其体华艳，兴托〔不〕多奇〔一〕。巧用文字，务为妍冶。虽名高曩代，而疏亮之士，犹恨其儿女情多，风云气少。谢康乐云："张公虽复千篇，犹一体耳。"今置之〔中品〕甲科，疑弱，处之〔下科〕下品〔二〕，恨少，在季孟之间耳②。

他的渊源从王粲出来。他的风格华丽，托兴多奇特。巧于运用文字，专为美丽。虽然名声在前代称高，但明达的人还恨他多儿女情，少风云气。谢灵运说："张公虽善写千篇，还是一种风格而

56

已。"现在把他放在上品，疑差点，放在下品，恨低，他在上下之间了。

①张华(232—300)：字茂先，晋范阳方城(今河北固安县)人。官至司空。博学多闻。赵王伦谋废贾后，华不从，被杀。著有《博物志》。

②季孟之间：鲁国三卿，季氏为正卿，最贵；孟氏为下卿。即指上下之间。

〔一〕兴托〔不〕多奇：曹旭校："应从《吟窗杂录》、《格致丛书》、《竹庄诗话》、《诗人玉屑》作'多'字。"

〔二〕〔中品〕甲科、〔下科〕下品：曹旭校："《竹庄诗话》、《诗人玉屑》所引，均作'今置之甲科，疑弱；处之下品，恨少'。"

《文心雕龙·才略》："张华短章，奕奕清畅。"奕奕指有光耀。今观张华五言诗，有《轻薄篇》："末世多轻薄，骄代好浮华。志意既放逸，赀财亦丰奢。被服极纤丽，肴膳尽柔嘉。童仆余粱肉，婢妾蹈绫罗。……促促朝露期，荣华遽几何！念此肠中悲，涕下自滂沱。……"他在晋朝开国时期，就看到风俗轻薄，忧心洒泪。又有《博陵王宫侠曲》："身在法令外，纵逸常不禁。"王家养的宫侠，又敢于犯禁。则晋代的祸乱，张华是有所见的，不过晋朝诸王掌权，张华虽为大臣，亦无能挽救，终以身殉。因此说他儿女情多，风云气少，不免有所偏吧。

曹旭校称："《诗品》体例是：上品作家只能源出于上品作家而不能源出于中品作家，中品作家只能源出于上品或中品作家而不能源出下品作家。""因此，只有同品中成就较大、地位较高的作家，才有可能被下品或同品作家所取法。""中品中，张华是为人取法最多的作家之一。中品谢瞻、袁淑、王微、王僧达，'其源出于张华'，'鲍照亦出张华'。""由此可见，张华的地位决不会在中、下品之间，而应在中、上品之间。"

魏尚书何晏① 晋冯翊守孙楚②
晋著作王赞③ 晋司徒掾张翰④
晋中书令潘尼⑤

　　平叔"鸿鹄"之篇⑥,风规见矣。子荆"零雨"之外⑦,正长"朔风"之后⑧,虽有累札,良亦无闻。季鹰"黄华"之唱⑨,正叔"绿蘩"之章⑩,虽不具美,而文采高丽,并得虬龙片甲,凤皇一毛。事同驳圣⑪,宜居中品。

　　何平叔"鸿鹄"句的诗篇,风格规范可见了。孙子荆"零雨"句这首诗以外,王正长"朔风"句这首诗以后,即使有芜累的篇章,实在也没有听见。张季鹰"黄华"句诗篇的吟唱,潘正叔"绿蘩"句的篇章,虽说不是完全美好,但文采卓越艳丽,都得到虬龙身上一片鳞甲,凤凰身上一根翎毛。事情同于驳杂的圣人,应该居于中品。

　　①何晏(190—249):字平叔。三国魏宛(今河南南阳县)人。娶魏公主。好老庄言,倡玄学。官至尚书,依附曹爽,为司马懿所杀。著有《道德论》等篇。
　　②孙楚(?—293):字子荆,晋太原中都(今山西平遥县西北)人。富文才,曾任冯翊郡(治临晋,即今陕西大荔县)太守。
　　③王赞:《文选》卷二十九《杂诗》一首,李善注:"臧荣绪《晋书》曰:'王赞,字正长,义阳(今河南桐柏县东)人。博学有俊才。辟司空掾,历散骑侍郎。'"当漏称著作。
　　④张翰:字季鹰,晋吴郡吴(在今江苏)人。善属文。齐王司马冏召为大司马东曹掾。翰见晋朝将乱,托言思故乡莼羹鲈脍,辞职归吴。
　　⑤潘尼(约250—约311):字正叔。晋荥阳中牟(今河南省)人。官至中书令。
　　⑥何晏《拟古》诗:"鸿鹄比翼游。"

⑦孙楚《征西官属送于陟阳候作诗》:"零雨被秋草。"

⑧王赞《杂诗》:"朔风动秋草。"

⑨张翰《杂诗》:"黄华如散金。"

⑩潘尼《迎大驾》诗:"绿繁被广隰。"

⑪驳圣:驳杂的圣哲,圣哲的驳杂部分,即圣哲的主要部分不是文学,文学只是圣哲的驳杂部分。

　　按何晏的《拟古》:"鸿鹄比翼游,群飞戏太清,身常入网罗,忧祸一旦并。……"他虽作大官,有忧祸之心。具有先见,所以称赞他。孙楚《征西官属送于陟阳候作诗》:"晨风飘歧路,零雨被秋草。倾城远追送,饯我千里道。三命皆有极,咄嗟安可保?莫大于殇子,彭祖犹为夭。……"三命指上寿百二十,中寿百年,下寿八十。《庄子·齐物论》:"莫寿于殇子,而彭祖为夭。"即齐寿夭。何焯《义门读书记》:"时方贵老庄,而见之于诗,亦为创变,故举世推高。"王赞《杂诗》:"朔风动秋草,边马有归心。胡宁久分析,靡靡忽至今。王事离我志,殊隔过商参。……人情怀旧乡,客鸟思故林。……"这诗写做官不是他的志愿,想到回乡。所以受到推重。张翰《杂诗》:"青条若总翠,黄华如散金。嘉卉良有观,顾此难久耽。……荣与壮俱去,贱与老相寻。……"这首诗写美景难以久耽,要辞去荣华,归于贫贱。能够避祸,所以得到赞赏。潘尼的《迎大驾》:"青松荫修岭,绿繁被广隰。……世故尚未夷,嵴函方险涩。……且少停君驾,徐待干戈戢。"这首诗指出世乱未平,劝大驾暂勿前进。适应当时情势,故被称美。这些诗在钟嵘看来,还有文采可观,所以列入中品。

魏侍中应璩①

祖袭魏文,善为古语,指事殷勤,雅意深笃,得诗人激刺之旨。至于"济济今日所"②，华靡可讽味焉。

师法魏文帝，善于作古人的话，殷勤地指陈事情，正意深厚笃实，得到诗人激烈讽刺的用意。至于"济济今日所"，华丽纤靡可以吟诵体味的。

①应璩(190—252)：字休琏。三国魏汝南(郡治平舆，今河南汝南县东南)人。官至侍中。著有《百一诗》，讽刺时政。
②"济济今日所"：这首诗，已佚。

应璩的《百一诗》，《文选》卷二十一《百一诗》李善注："据《百一诗序》云：'时谓曹爽曰：公今闻周公巍巍之称，安知百虑有一失乎？百一之名，盖兴于此也。'"又称："孙盛《晋阳秋》曰：'应璩作五言诗百三十篇，言时事，颇有补益，世多传之。'"是《百一诗》有百三十篇。又称："李充《翰林论》曰：'应休琏五言诗百数十篇，以讽规治道，盖有诗人之旨焉。'"《文心雕龙·明诗》："若乃应璩《百一》，独立不惧，辞谲义贞，亦魏之遗直也。"所见与钟嵘相似，《百一诗》是风规治道的。逯钦立《先秦汉魏晋南北朝诗》中有一首："散骑常师友，朝夕进规献。侍中主喉舌，万机无不乱(治)。尚书统庶事，官人乘法宪。彤管珥纳言，貂珰表武弁。出入承明庐，车服一何焕。三寺齐荣秩，百僚所瞻愿。"《百一诗》是规讽官员各守职责的诗。

晋清河太守陆云①　晋侍中石崇②
晋襄城太守曹摅③　晋朗陵公何劭④

清河之方平原，殆如陈思之匹白马⑤。于其哲昆，故

60

称二陆。季伦、颜远，并有英篇。笃而论之，朗陵为最。

陆云之比陆机，大约像曹植之比曹彪。比于他的兄长，所以称为二陆。石崇、曹摅，都有英俊的诗篇。切实地评论他们，何劭是最好。

①陆云(262—303)：字士龙。西晋吴郡华亭(今江苏松江县)人。陆机弟。曾官清河内史。兄机为成都王司马颖所杀，云亦同时遇难。

②石崇(249—300)：字季伦。晋南皮(在今河北省)人，官至侍中。于河阳置金谷园。崇有妓绿珠，孙秀使人求之，崇不许，秀劝赵王伦杀崇。

③曹摅：字颜远，谯国(在今安徽亳县)人。官襄城太守。流人王逌侵掠城邑，摅出战，败死。

④何劭：字敬祖。阳夏(今河南太康县)人。官至尚书左仆射，袭父封为朗陵郡公。

⑤白马：白马王曹彪。

钟嵘把陆云和陆机，同曹植和曹彪比。把曹彪列在下品，说明曹彪不如曹植，这里也有陆云不如陆机的含意。《文心雕龙·才略》："陆机才欲窥深，辞务索广，故思能入巧而不制繁；士龙朗练，以识检乱，故能布彩鲜净，敏于短篇。"称云文"敏于短篇"，则仍不能与机比耳。

钟嵘于陆云、石崇、曹摅、何劭四家，推何劭为最。观陆云《为顾彦先赠妇》："京室多妖冶，粲粲都人子。雅步擢纤腰，巧笑发皓齿。佳丽良可美，衰贱焉足纪。"按这样的诗怎么可以为人赠妇呢？石崇《明君辞》称："父子见陵辱，对之惭且惊。杀身自不易，默默以苟生。"按昭君既奉汉帝之命嫁与单于，又汉帝命她从匈奴之俗，石崇怎么可以这样说呢？曹摅有《思友人》诗："褰裳不足难，清扬未可俟。"按《诗·郑风·褰裳》："子惠思我，褰裳涉溱。"既说"褰裳不足难",当然可以去和朋友相会了,何以又说"清扬不可俟"?清扬,指友人眉目之间,说"清扬不可俟",即友人还不可见,其实不是"褰裳不足难",是根本没有"褰裳"渡水去会朋友,所以又说:"延首出阶檐,伫立增想似。"这样写,前后矛盾,所以都不如何劭的诗。何劭《赠张华》:"既贵不忘俭,处有能存无。镇俗在简约,树塞焉足慕。在昔同班司,今者并园墟。私愿偕黄发,逍遥综琴书。"对张华劝他避祸勇退,有先见之明。

晋太尉刘琨[①]　晋中郎卢谌[②]

其源出于王粲,善为凄戾之词,自有清拔之气。琨既体良才,又罹厄运,故善叙丧乱,多感恨之词。中郎仰之,微不逮者矣。

他的诗的渊源从王粲出来,擅长写凄凉乖戾的话,自然有清刚挺拔的气势。刘琨既具有优秀的才干,又遭到恶劣的命运,所以擅长叙述丧乱,多感慨愤恨的话。卢谌仰望他,稍稍不及的了。

①刘琨(270—318):字越石。晋中山魏昌(今山东无极县东北)人。任大将军,都督并冀幽三州诸军事。晋室南渡,转任侍中太尉,坚守并州,与石勒、刘曜对抗,兵败,投奔段匹磾,为段匹磾杀害。
②卢谌(chén 陈)(284—350):字子谅,范阳涿(今河北省涿县)人。为刘琨主簿,转从事中郎。后依石季龙。冉闵诛石氏,谌随闵军遇害。

刘琨为并州刺史,为刘曜所败。后复为石勒所败,投奔段匹磾。为段匹磾拘留,琨有《重赠卢谌》诗,称:"白登幸曲逆,鸿门赖张良。"指刘邦在白登被匈奴所围,幸有陈平献计脱围;刘邦在鸿门宴上处境危殆,依靠张良解围。他被段匹磾拘留,有性命之忧,希望卢谌能救他。《晋书·刘琨传》：“为五言诗以赠其别驾卢谌”，“琨诗托意非常，摅畅幽愤，远想张陈，感鸿门、白登之事，用以激谌。谌素无奇略，以常词酬和，殊乖琨心。”是卢谌的才志，远不如琨，琨遂被害。何焯《义门读书记》：“刘越石《重赠卢谌》，慷慨悲凉，故是幽并本色。”是慷慨悲歌之作。

晋弘农太守郭璞①

宪章潘岳，文体相辉，彪炳可玩。始变永嘉平淡之体，故称中兴第一②。《翰林》以为诗首③。但《游仙》之作，辞多慷慨，乖远玄宗，而云“奈何虎豹姿”，又云“戢翼栖榛梗”④。乃是坎壈咏怀，非列仙之趣也。

效法潘岳，文章风格互相辉映，藻采鲜明，可以赏玩。开始改变永嘉时平淡的风格，所以称为东晋中兴第一。《翰林论》认为诗歌中的首位。但他的《游仙诗》，文辞多慷慨，乖违远离道家的宗旨，却说“奈何有虎豹的风姿”，又说“敛翼停在杂树上”，是不得意的咏怀诗，不是众仙的趣味。

①郭璞(276—304)：字景纯，晋河东闻喜(在今山西省)人。避乱南渡，在东晋官著作佐郎，后为王敦记室参军。劝阻敦起兵作乱，被杀。
②中兴第一：《文心雕龙·才略》：“景纯艳逸，足冠中兴。”
③翰林：李充《翰林论》称“诗首”之说已不传。
④此两句诗已不传。

《诗品序》称：“永嘉时，贵黄、老，稍尚虚谈。于时篇什，理过其辞，淡乎寡味。”“先是郭景纯用隽上之才，变创其体。”《文心雕龙·

才略》称:"景纯艳逸,足冠中兴,郊赋(《南郊赋》)既穆穆以大观,仙诗(《游仙诗》)亦飘飘而凌云矣。"又《明诗》:"江左篇制,溺乎玄风,嗤笑徇务之志,崇盛亡机之谈。袁(宏)、孙(绰)已下,虽各有雕采,而辞趣一揆,莫与争雄,所以景纯仙篇,挺拔而为俊矣。"刘勰对郭璞《游仙诗》的评价,与钟嵘不同。沈德潜《古诗源》:"《游仙诗》本有托而言,坎壈咏怀,其本旨也。钟嵘贬其少列仙之趣,谬矣!"

晋吏部郎袁宏[①]

彦伯《咏史》,虽文体未遒,而鲜明劲健,去凡俗远矣。

袁宏《咏史》诗,虽然风格没有挺拔,但已鲜明劲健,离开庸俗远了。

①袁宏(328—376):字彦伯,小字虎,晋阳夏(今河南太康县)人。有文才。镇西将军谢尚引为参军。又为桓温记室。后自吏部郎出为东阳太守。

《世说新语·文学》:"袁虎少贫,尝为人庸载运租。谢征西船经行,其夜,清风朗月,闻江渚间估客船上有咏诗声,甚有情致。所诵五言,又其所未尝闻,叹美不能已。即遣委曲讯问,乃是袁自咏其所作《咏史》诗。因此相要,大相赏得。"注:"虎,袁宏小字也。"按袁宏《咏史》诗二首,第一首:"周昌梗概臣,辞达不为讷。汲黯社稷器,栋梁表天骨。陆贾厌解纷,时与酒梼杌(当指酗酒)。婉转将相门,一言和(陈)平、(周)勃。趋舍各有之,俱令道不没。"这首诗得到谢尚推重,所以著名。

晋处士郭泰机^①　晋常侍顾恺之^②
宋谢世基^③　宋参军顾迈^④
宋参军戴凯^⑤

泰机"寒女"之制，孤怨宜恨。长康能以二韵答四首之美。世基"横海"，顾迈"鸿飞"。戴凯人实贫羸，而才章富健。观此五子，文虽不多，气调劲拔。吾许其进，则鲍照、江淹，未足逮止。越居中品，金曰宜哉！

郭泰机"寒女"的诗，孤苦幽怨应该有恨。顾长康能够用两个韵的句子来回答四首诗的美好。谢世基的"横海"，顾迈的"鸿飞"，戴凯的人实在是又穷又瘦，但才华丰富，诗篇挺健。观这五位，作品虽则不多，风调遒劲挺拔。我赞许他们前进，那鲍照、江淹，不够追上。超居中品，都说应该啊！

①郭泰机：河南人，是寒士。他有《答傅咸诗》，求傅咸推荐，傅咸无能为力。
②顾恺之：字长康，晋陵无锡（今属江苏省）人。桓温引为大司马参军。后为散骑常侍。
③谢世基：陈郡阳夏（今河南太康县）人。为谢晦兄子。晦被诛，世基亦被刑。
④顾迈：官征北行参军。
⑤戴凯：不详。

《文选》卷二十五有郭泰机《答傅咸》一首，称："皦皦白素丝，织为寒女衣。寒女虽妙巧，不得秉杼机。……衣工秉刀尺，弃我忽若遗。……"李善注："《傅咸集》曰：'河南郭泰机，寒素后门之士，不知余无能为益,以诗见激切可施用之才,而况沉沦,不能自拔于世。余虽心知之,而末如之何。"故钟嵘称他为处士。顾长康能以二韵答四首之美,古直《诗品笺》:"按《艺文类聚》引顾恺之《神情诗》曰:'春水满四泽,夏云多奇峰。秋月扬明辉,冬岭秀孤松。'仲伟谓'能以二韵答四首之美'者,或即指此。《宋书·谢晦传》:"世基临死,为连句诗曰:'伟哉横海鳞,壮矣垂天翼。一旦失风水,翻为蝼蚁食。'"顾迈、戴凯,诗皆不传。

宋征士陶潜[①]

其源出于应璩,又协左思风力。文体省净,迨无长语。笃意真古,辞兴婉惬。每观其文,想其人德,世叹其质直。至如"欢言酌春酒"[②],"日暮天无云"[③],风华清靡,岂直为田家语耶!古今隐逸诗人之宗也。

他的诗的渊源从应璩出来,又协合左思的风格骨力。诗的风格简省洁净,几乎没有多余的话。用意笃实,真诚古朴,文辞起兴婉转惬当。每次看他的作品,想他的人格德行。世人赞美他的质朴正直。至于像"欢言酌春酒","日暮天无云",风格清新华靡,岂待作乡下人家的话呀!是古今隐居诗人的宗派。

①古直《诗品笺》引颜延之《陶征士诔》:"有晋征士",称此作"宋",误。陶潜(365—427),一名渊明,字元亮。晋浔阳(今江西九江)人。曾为彭泽令,弃官归隐。征聘著作郎,不就。世称靖节先生。有《陶渊明集》。
②"欢言酌春酒":是《读山海经》的诗句。
③"日暮天无云":是《拟古》诗句。

萧统《陶渊明集序》:"其文章不群,辞彩精拔,跌宕昭彰,独超众类,抑扬爽朗,莫之与京(大)。横素波而傍流,干青云而直上。语时事则指而可想,论怀抱则旷而且真。加以贞志不休,安道苦节,不以躬耕为耻,不以无财为病,自非大贤笃志,与道汙隆,孰能如是乎?……观渊明之文者,驰竞之情遣,鄙吝之意祛,贪夫可以廉,懦夫可以立,岂止仁义可蹈,抑乃爵禄可辞,不必傍游泰华,远求柱史,此亦有助于风教也。"萧统这篇序,对陶渊明的评价,与钟嵘不同。同在梁代,萧统的见解,确实高出于钟嵘,可补钟嵘评价的不足。

宋光禄大夫颜延之[①]

其源出于陆机。尚巧似。体裁绮密,情喻渊深。动无虚散,一字一句,皆致意焉。又喜用古事,弥见拘束,虽乖秀逸,是经纶文雅才。雅才减若人,则蹈于困踬矣。汤惠休曰:"谢诗如芙蓉出水,颜诗如错采镂金。"颜终身病之。

他的诗的渊源从陆机出来。崇尚巧似。风格绮丽细密,抒情的比喻深沉。动笔没有空虚散漫,一字一句,都是用心的。又喜欢运用古事,更见拘束,虽然违反清秀飘逸,是处理典雅的才干。典雅的才干倘减少这样的人,就陷入困顿了。汤惠休说:"谢灵运诗像从水中出来的荷花,颜延之诗像装饰文采,刻镂金属。"颜延之终身认为缺点。

①颜延之(384—456),字颜年。南朝宋临沂(在今山东省)人。官至金紫光禄大夫,与谢灵运齐名。

《南史·颜延之传》："延之尝问鲍照,己与灵运优劣。照曰:'谢五言如初发芙蓉,自然可爱;君诗若铺锦列绣,亦雕缋满眼。'"惠休之说,或即袭用鲍照说。按延之五言诗,如《从军行》:"苦哉远征人,举力干时艰。秦初略扬越,汉世争阴山。地广旁无界,岩阿上云天。峤雾下高鸟,冰沙固流川。……"即"喜用古事","动无虚散",不如谢诗的自然。

宋豫章太守谢瞻①　宋仆射谢混②
宋太尉袁淑③　宋征君王微④
宋征虏将军王僧达⑤

其源出于张华,才力苦弱,故务其清浅,殊得风流媚趣。课其实录,则豫章、仆射,宜分庭抗礼;征君、太尉,可托乘后车;征虏卓卓,殆欲度骅骝前。

(他们五位的诗)的渊源都从张华出来,诗才的骨力苦于贫弱,所以专力于他的清浅,很得到风流和妩媚的趣味。考查他们的实际,那谢瞻、谢混,应该平起平坐,王微、袁淑可坐在后车;王僧达突出,几乎要超越到名马的前面。

①谢瞻(387—421):字宣远,宋陈郡阳夏(今河南太康县)人。官豫章太守。
②谢混:字叔源,小字益寿,下邳(今江苏邳县东)人。官至尚书左仆射,以党刘毅被杀。
③袁淑(408—453):字阳源,陈郡阳夏(今河南太康县)人。官至太子左卫率,为元凶刘劭所杀,追赠侍中太尉。
④王微(415—443):字景元,琅琊临沂(在今山东省)人。南平王刘铄征

为右军咨议,称病不就。

⑤王僧达(423—458):琅琊临沂人。官至征虏将军。以屡犯上颜,于狱中赐死。

钟嵘评诗,推重骨力与词采。他评张华诗,称"务为妍冶",即致力于文采;"今置之中品疑弱",即骨力不足。故评谢瞻五人,称"风流媚趣",即有风流文采;"才力苦弱",即骨力不足。按陈延杰《诗品注》称:"《宋书》曰:'谢瞻词采,与族叔混、弟灵运抗。'……《续晋阳秋》曰:'至义熙中,谢混始改。'此即《宋书》所谓'叔源大变太元之气'也。《南齐书》亦云:'谢混清新。'王微诗颇婉曲,袁淑音节悲壮,近于太冲,王僧达则著意追琢也。"又称:"《诗薮》曰:'宣远《子房》《代马》,格调词藻,可坦步延之、灵运间。'叔源'景昃鸣禽夕,水木湛清华',几与'池塘生春草'、'清辉能娱人'竞爽。景玄《思妇》之唱,清怨有味。阳源效曹子建《白马篇》,大有建安风骨。"这里指出"叔源大变太元之气",叔源即谢混,小字益寿。《诗品序》称"谢益寿斐然继作",是谢混对改变当时诗风的衰弱有功。陈延杰这几个注,实际上是驳钟嵘评五人诗"才力苦弱"之说,认为不确。这个注极有力。

宋法曹参军谢惠连①

小谢才思富捷,恨其兰玉夙凋②,故长辔未骋。《秋怀》《捣衣》之作,虽复灵运锐思,亦何以加焉?又工为绮丽歌谣,风人第一。《谢氏家录》云:"康乐每对惠连,辄得佳语。后在永嘉西堂,思诗竟日不就,寤寐间忽见惠连,即成'池塘生春草'。故尝云:'此语有神助,非我语也。'"

谢惠连的才华诗思，丰富敏捷。恨他如芝兰玉树很早就凋谢了，所以像跑长路的马没有施展。他的《秋怀》、《捣衣》诗，即使谢灵运精思创作，又怎么胜过它？他又善于创作美丽的歌谣，诗人中第一。《谢氏家录》说："谢灵运每次对着谢惠连，往往得到好句。后来他在永嘉的西堂，想作诗整天作不成，睡梦中忽然看见谢惠连，就作成'池塘生春草'句。所以曾经说：'这句诗有神灵帮助，不是我作的。'"

　　①谢惠连(397—433)：南朝宋阳夏(今河南太康县)人。十岁能属文，与族兄谢灵运并称大小谢。曾任彭城王刘义康法曹行参军。
　　②兰玉：《世说新语·言语》："谢太傅(安)问诸子侄：'子弟亦何预人事，而正欲使其佳？'诸人莫有言者，车骑(谢玄)答曰：'譬如芝兰玉树，欲使其生于庭阶耳。'"夙凋：早凋，谢惠连三十七岁死，故称。

　　钟嵘称谢惠连的《秋怀》、《捣衣》诗，谢灵运也不能加胜。按《秋怀》诗称："皎皎天月明，奕奕河宿烂。萧瑟含风蝉，寥唳度云雁。""各勉玄发欢，无贻白首叹。因歌遂成赋，聊用布亲串。"《捣衣》诗："榈高砧响发，楹长杵声哀。微芳起两袖，轻汗染双题。"这样的诗，虽工于写景言情，较谢灵运的名作似尚稍逊。古直《诗品笺》称："《南史》曰：惠连先爱幸会稽郡吏杜德灵，及居父忧，赠以五言十余首，'乘流遵归路'诸篇是也。此殆仲伟所谓绮丽歌谣耶？"
　　叶梦得《石林诗话》说："('池塘生春草')此语之妙，正在无意而与景遇，后人欲以奇求之，失之矣。"按王夫之《薑斋诗话》卷下："'池塘生春草'，'蝴蝶飞南园'，'明月照积雪'，皆心中目中与相融浃，一出语时，即得珠圆玉润，要亦各视其所怀来，而与景相近者也。"王夫之指出谢灵运自己神化"池塘生春草"句，其实没有什么神助。这类句子还有，像张协《杂诗》："借问此何时，蝴蝶飞南园"，谢灵运《岁暮》："明月照积雪，北风劲且哀。"这些语句的造成，由于

70

作者心中正在考虑这种情景,目中所看到的景物,刚好与心中所考虑的相融浃,就产生这种诗句。比方谢灵远当他感到春天生气的蓬勃,目中看到春草,耳中听到黄莺叫,和心中的感受相配合,就吟成"池塘生春草,园柳变鸣禽"来,说明春天的生气蓬勃。比方张协到边城去时,心里正在怀念故乡,忽然想到南园蝴蝶飞的景象,和心中的想念结合,就作出"蝴蝶飞南园"的诗句。再像谢灵运对岁暮的寒风有感触时,看到雪月交辉的景象,和他的感触相合,就吟成"明月照积雪,北风劲且哀"来。这些名句都和"神助"没有关系。王夫之从这些写景名句的形成作了探索,可以解除"神化"的神秘性。

宋参军鲍照[①]

其源出于二张。善制形状写物之词,得景阳之俶诡,含茂先之靡嫚。骨节强于谢混,驱迈疾于颜延。总四家而擅美,跨两代而孤出。嗟其才秀人微,故取湮当代[②]。然贵尚巧似,不避危仄,颇伤清雅之调。故言险俗者,多以附照。

他的诗的渊源从张协、张华出来。长于制作描写景物形象的文辞,得到张协的奇诵,含有张华的纤丽。骨力比谢混强,奔驰比颜延之快。总结四家的优点而专擅他的美好,跨越宋齐两代而独出。叹他的才华秀出而地位低微,所以在当代名声沉没。然而他看重巧妙描写景物,不避危险偏仄,很伤害清新雅正的调子。所以讲危险通俗的,多来迎合鲍照。

①鲍照(414—466):字明远。南朝宋东海(今江苏灌云县)人。临海王刘

71

子顼镇荆州,用鲍照为前军参谋。子顼助兄子勋称帝,兵败,照为乱兵所杀。

②取湮当代:《宋书》不为鲍照立传,仅附见于临川王刘道规传中。

《南齐书·文学传论》说:"次则发唱惊挺,操调险急,雕藻淫艳,倾炫心魂,亦犹五色之有红紫,八音之有郑卫,斯鲍照之遗烈也。"这是讲鲍照诗末流的缺点。但前四句确实说出了鲍照诗的特点。他的诗的"惊挺""险急",对唐代大诗人李白的诗有很大影响,钟嵘论他的诗称为"总四家而擅美,跨两代而孤出",还是对的。但认为他的诗"伤清雅之调",把他列入中品,认识还是不够的。

齐吏部谢朓①

其源出于谢混,微伤细密,颇在不伦。一章之中,自有玉石。然奇章秀句,往往警遒。足使叔源失步,明远变色。善自发诗端,而末篇多踬,此意锐而才弱也。至为后进士子之所嗟慕。朓极与余论诗,感激顿挫过其文。

他的诗的渊源从谢混出来,稍微失于细密,极为不类。一篇里面,自有玉有石。然而奇特的篇章和清秀的句子,常常是精警挺拔,足以使得谢混搁笔,鲍照吃惊。长于开端,却在结尾多失,这是精于用思而才力稍弱。至于成为后辈士人所赞叹仰慕。谢朓极力和我讨论诗作,感慨抑扬胜过他的诗。

①谢朓(464—499):字玄晖,南齐陈郡阳夏(河南太康县)人。与谢灵运同族,称小谢,曾为宣城太守,后迁尚书吏部郎。江祐等谋立始安王刘遥光,朓不肯,遥光收朓下狱,死。

72

谢朓的诗清新秀丽,工于写景。当时政治黑暗,所以他的诗里含有忧生的意味,但还是被人害死了。他曾经对沈约说:"好诗圆美流转如弹丸。"(《南史·王弘传》载)他的诗就这样圆转流美。他著名的《晚登三山还望京邑》,像"余霞散成绮,澄江静如练。喧鸟覆春洲,杂英满芳甸。去矣方滞淫,怀哉罢欢宴。佳期怅何许,泪下如流霰。有情知望乡,谁能鬒(黑发)不变。"既工于写景,又有忧生的叹惜。他的写景,还善于开头。如《暂使下都夜发新林至京邑赠西府同僚》:"大江流日夜,客心悲未央。"起句极著名,能笼罩全篇。末句:"寄言尉罗者,寥廓已高翔。"指出有人要害他,他已高飞到天上,无法张网来捕捉了。这个结尾并无不好。《南齐书·谢朓传》:"朓长五言诗,沈约常云:'二百年来,无此诗也。'"李白《宣州谢朓楼饯别校书叔云》称:"蓬莱文章建安骨,中间小谢又清发。"杜甫《寄岑嘉州》"谢朓每篇堪讽诵",都赞美谢朓诗。钟嵘对他的批评似不确。

齐光禄江淹①

　　文通诗体总杂,善于摹拟,筋力于王微,成就于谢朓②。初,淹罢宣城郡,遂宿冶亭③,梦一美丈夫,自称郭璞,谓淹曰:"我有笔在卿处多年矣,可以见还。"淹探怀中,得五色笔以授之。尔后为诗,不复成语,故世传江淹才尽。

　　江淹诗的体裁,总汇各体而杂,善于摹仿前人的诗,从王微诗中得到筋力,从谢朓诗中得到成就。开始时,江淹从宣城郡罢官,便住宿在冶亭。梦中见一美男子,自称叫郭璞,对江淹说:"我有笔

73

在您那里多年,可以相还。"江淹从怀中得到五色笔,还给他。此后作诗,不再成句,所以世上传说江淹文才没有了。

①江淹(444—505):字文通,南朝梁济阳考城(在今河南省)人。历仕宋、齐、梁三代,梁时官至金紫禄大夫。此作"齐光禄",误。
②筋力于王微,成就于谢朓:陈延杰注:"王微诗清怨","而《文中子》谓'江淹其文急以怨'。盖'筋力于王微'为多。""文通诗亦能极体物之奇,而声调格律,皆逼肖谢朓。"
③冶亭:《景定建康志》:"冶亭在冶城。"冶城在今江苏江宁县西。

江淹写了《杂体三十首》,摹仿从汉到宋三十位作家的诗,显出各家的风格和长处。又有《效阮公诗十五首》,摹仿阮籍的《咏怀》诗。在其中也反映了自己的思想感情,如:"十年苦读书,颜华尚美好。……一旦鹍鸡鸣,严霜被劲草。志气多感失,泪下沾怀抱。"类似这样的诗,借摹拟来表达自己的失意。他的五言诗,也工于写景而无靡靡之音。如《贻袁常侍诗》:"昔我别楚水,秋月丽秋天。今君客吴坂,春色缥春泉。幽冀生碧草,沅湘含翠烟。……"就是一例。至于江淹才尽的说法,古直《诗品笺》说:"又(张溥)曰:'江文通遭梁武,年华望暮,不敢以文陵主,意同明远,而蒙讥才尽,世人无表而出之者,沈休文(约)窃笑后人矣。'"按《梁书·沈约传》:"约尝侍宴,值豫州献栗径寸半,帝奇之,问曰:'栗事多少?'与约各疏所忆,少帝三事。出谓人曰:'此公护前,不让即羞死!'"写沈约怕胜过梁武帝,所以少写三个故事,不敢跟他争胜,这是说,江淹在梁武帝面前,不敢显露才华,怕遭梁武帝妒忌,推说才尽。史官信以为真,不免被沈约耻笑了。

梁卫将军范云①　梁中书郎丘迟②

范诗清便宛转,如流风回雪。丘诗点缀映媚,似落花依草。故当浅于江淹,而秀于任昉③。

范云诗清新便捷,用意宛转,像流动的风在旋舞雪花。丘迟诗像落花依附在青草上,起到点缀照映献媚的作用。所以应当比江淹诗浅,比任昉诗秀丽。

①范云(451—503):字彦龙。南朝梁舞阴(在今河南泌阳县西北)人。入梁,官至尚书左仆射。卒赠侍中卫将军。
②丘迟(464—508):字希范,南朝梁吴兴乌程(在浙江省)人。官至中书侍郎。
③任昉:见下。

范云诗"如流风回雪",像《赠俊公道人诗》:"秋蓬飘秋甸,寒藻泛寒池。风条振风响,霜叶断霜枝。幸及清江满,无使明月亏。月亏君不来,相期竟悠哉!"丘迟诗称为"落花依草",如《赠何郎诗》:"檐际落黄叶,阶前网绿苔,遥情不入酒,望美信难哉!"写景抒情,或可以比。

梁太常任昉①

彦昇少年为诗不工,故世称沈诗任笔②,昉深恨之。晚节爱好既笃,文亦遒变,善铨事理,拓体渊雅,得国士之风③。故擢居中品。但昉既博物,动辄用事,所以诗不得奇。少年士子,效其如此,弊矣。

任昉少年时作诗不工,所以世人称沈约诗、任昉文,昉极感遗撼。晚年爱好诗既真诚,诗也挺劲变化,长于评论事理,开拓体裁,深刻雅正,有国士的风度。所以升入中品。但任昉既然博学,动笔往往用事,所以诗不能奇。少年士人仿效他这样做,有毛病了。

　①任昉(460—508):字彦昇。南朝梁博昌(今山东寿昌县)人。入梁为新安太守。卒赠太常。
　②笔:当时称有韵为文,无韵为笔。即以诗为文,以无韵文为笔。
　③国士:一国特出的人才。

　　任昉诗,如《落日泛舟东溪》:"……吾生虽有待,乐天庶知命。不学《梁甫吟》,唯识沧浪咏。田荒我有役,秩满余谢病。"按《周易·系辞上》:"乐天知命故不忧。"诸葛亮为《梁甫吟》。沧浪咏,见《孟子·离娄上》,这就是所谓"多用事"。少年学他的多用事,所以认为有毛病。古直《诗品笺》说:"案当时倾慕彦昇者多,仲伟擢昉中品,殆不得已。故抑扬之际,微文寓焉。"认为钟嵘把任昉列入中品,带有不满的意味。

梁左光禄沈约

　　观休文众制,五言最优。详其文体,察其余论,固知宪章鲍明远也,所以不闲于经纶,而长于清怨。永明相王爱文,王元长等皆宗附之。约于时谢朓未遒,江淹才尽,范云名级故微,故约称独步。虽文不至,其工丽亦一时之选也。见重闾里,诵咏成音。嵘谓约所著既多,今剪除淫杂,收其精要,允为中品之第矣。故当词密于范,意浅于江也。

　　观沈约的众多制作,以五言诗为最好。详考他的诗体,考察他的理论,确实知道他效法鲍照,所以不熟悉组织朝廷宗庙的作品,却长于表达清新幽怨。竟陵王刘子良爱好文学,王元长等都推尊归附他。沈约在这时期，谢朓诗没有成熟，江淹已经才尽，范云的声名品级本来低微，所以沈约当时称为独一无二。虽然他的诗不够好，但他的诗的工巧华丽，也是一时的首选。被民间看重，到处都有念他的诗的人。嵘说沈约创作既多，现在删去淫靡滥杂的，收取他的精华重要的，确实可为中品的等级了。所以应当是文辞比范云严密，内容比江淹浅薄。

沈约是从古体诗走向近体的格律诗的开端，他的诗作，是讲究声律的对仗。当时正在齐武帝永明年间，所以这种诗体称为永明体。当时已经发现平上去入四声，以及双声叠韵，沈约根据它制定格律诗。他在《宋书·谢灵运传论》讲到创制格律诗的理论，说："欲使宫羽相变，低昂互节，若前有浮声，则后须切响；一篇之内，音韵尽殊，两句之中，轻重悉异。妙达此旨，始可言文。"他说的宫羽，所谓"宫羽相变，低昂互节"，即指宫的声音高，羽的声音低，高低互相调节，"浮声"指声的上浮，即昂，"切响"指声的切实，较低，也即低昂的互相调节。《文镜秘府论》指出调声三术，认为宫商为平声，徵为上声，羽为去声，角为入声，即用四声来配五音。把低昂、轻重、浮切，即把四声一分为二，唐朝人就定出平仄来，平指声昂而轻，仄指声低而切。沈约的理论，就用平仄来解决了。前面用了平声字的音节，后面就用仄声字的音节来调配。到了初唐，格律诗就形成了。沈约提出八病说，过于繁琐，他自己也不能遵守。但初唐创制的格律诗，就是按照他的理论加以改进制成的。而他的写景诗也清新可喜，如《刘真人东山还诗》："连峰竟无已，积翠远微微。寥戾野风急，芸黄秋草腓（枯）。……"这样写景，既调平仄，也是可取的。

下　品

汉令史班固[①]　汉孝廉郦炎[②]
汉上计赵壹[③]

　　孟坚才流,而老于掌故。观其《咏史》,有感叹之词。文胜托咏灵芝,寄怀不浅。元叔散愤兰蕙,指斥囊钱。苦言切句,良亦勤矣。斯人也,而有斯困,悲夫!

　　班固是有文才的一类人,熟悉历史故事。看他的《咏史》诗,有感叹的话。郦炎寄托灵芝草作诗,怀抱不浅。赵壹借兰蕙来发抒自己的愤慨,指斥满腹学问,不如一袋钱。表达痛苦的话,切合时世的句子,实在是满怀忧虑。这个人而有这样的穷困,可悲啊!

　　①班固(32—92):字孟坚,后汉扶风安陵(今陕西咸阳县东)人,曾官兰台令史,撰《汉书》。和帝永元元年(89),窦宪出征匈奴,以固为中护军。四年,和帝诛宪,固亦因此下狱死。
　　②郦炎(150—177):字文胜,后汉范阳(今河北定兴县南)人。州郡辟请,皆不就。性至孝,故称孝廉,母死,发风病,妻受惊死。妻家讼炎系狱死。
　　③赵壹:字元叔,后汉汉阳西县(今甘肃天水县西南)人。为郡的上计吏。上计入京,言西方事,为公府推重,公府十次辟请,皆不就。

　　《诗品·总论》称"班固《咏史》,质木无文",故列在下品。班固的《咏史诗》,咏汉淳于意以罪当受肉刑,小女缇萦上书汉文帝,愿

78

为官婢以赎父罪。汉文帝因此除去肉刑法。班固即咏此事。称：
"圣汉孝文帝，恻然感至情。百男何愦愦，不如一缇萦。"这样赞美
缇萦，所以说"有感叹之词"。郦炎有《见志诗》二首，第二首说："灵
芝生河洲，动摇因洪波。兰荣一何晚，严霜瘁其柯。哀哉二芳草，
不植泰山阿。……"他借芳草的凋零，比贤才的不遇。所以说"寄
怀不浅"。赵壹作《疾邪诗》二首，第一首称："文籍虽满腹，不如一
囊钱。"第二首说："势家多所宜，欬吐自成珠。被褐怀金玉，兰蕙化
为刍。"所以说"散愤兰蕙，指斥囊钱"。

魏武帝[①]　魏明帝[②]

曹公古直，甚有悲凉之句。叡不如丕，亦称三祖。

曹操诗古雅质直，很有悲壮苍凉的句子。曹叡不及曹丕，也和
曹操、曹丕合称三祖。

①魏武帝：曹操(155—220)，字孟德，小名阿瞒。汉沛国谯(今安徽亳县)
人。以骑都尉收编黄巾，迎献帝都许。位至丞相，封魏王。子丕代汉称帝，尊
操为太祖武帝。

②魏明帝：曹叡(ruì 瑞)(205—239)，字元仲，曹丕子，继丕位，庙号明帝。

《文心雕龙·乐府》说："至于魏之三祖，气爽才丽，音靡节平。
观其'北上'众引，'秋风'列篇，或述酣宴，或伤羁戍，志不出于淫
荡，辞不离于哀思，虽三调之正声，实《韶》《夏》之郑曲也。"这里虽
提到三祖，但没有讲明帝。对曹操的《苦寒行》："北上太行山，艰者
何巍巍。羊肠阪诘屈，车轮为之摧。"又称："悲彼《东山》诗，悠悠令
我哀。"写出征中行军的艰辛，又想到《诗经》中的《东山》诗。认为

"虽三调之正声",即平调、清调、瑟调,属于周代的古乐,是正声。"实《韶》《夏》之郑曲",实际是对舜的《韶》乐和禹的《夏》乐的"郑曲",郑曲,即靡靡之音。按《文心雕龙·明诗》称建安文学:"慷慨以任气,磊落以使才。"钟嵘也说:曹操诗"甚有悲凉之气"。怎么说是郑曲呢? 这是刘勰论曹操诗的不恰当处。

又《时序》称:"至明帝纂戎,制诗度曲。"指明帝继承祖业,作诗制曲,但不加评论。按明帝亦有《苦寒行》,推崇曹操,如:"顾观故垒处,皇祖之所营。""徒悲我皇祖,不永享百龄。赋诗以写怀,伏轼泪沾缨。"实不足与曹操诗相比。又有《乐府诗》:"昭昭素明月,辉光烛我床。忧人不能寐,耿耿夜何长。微风冲闺闼,罗帷自飘扬。……"虽不如曹丕《燕歌行》,亦足以与曹操、曹丕并称三祖吧。

魏白马王彪^①　魏文学徐幹^②

白马与陈思赠答,伟长与公幹往复,虽曰以莛叩钟^③,亦能闲雅矣。

白马王曹彪与陈思王曹植作诗赠答,徐幹与刘桢往来赠诗,虽说用草茎撞钟,也能够悠闲雅正了。

①白马王彪:曹彪,曹操子,字朱虎。封寿春侯。徙封白马王。
②徐幹(170—217):字伟长。三国时魏北海(今山东寿光县东南)人。官司空军谋祭酒掾属、五官将文学。
③莛:草茎。

《文选》卷二十四有曹植《赠白马王彪》,李善注引:"集曰:'(魏文帝曹丕)黄初四年(223)五月,白马王、任城王与余俱朝京师。会

80

节气日不阳,任城王薨。至七月,与白马王还国。后有司以二王归蕃,道路宜异宿止,意毒恨之。盖以大别在数日,是用自剖,与王辞焉,愤而成篇。'"诗称:"谒帝承明庐,逝将归旧疆。……郁纡将何念,亲爱在离居。本图相与偕,中更不克俱。鸱枭鸣衡轭,豺狼当路衢,苍蝇间白黑,谗巧令亲疏。欲还绝无蹊,揽辔止踟蹰。……"曹彪《答东阿王诗》:"盘径难怀抱,停驾与君诀。即事登北路,永叹寻先辙。"见《初学记》卷十八。

刘桢有《赠徐幹诗》,见《文选》卷二十三。诗说:"谁谓相去远,隔此西掖垣。拘限清切禁,中情无由宣。思子沉心曲,长叹不能言。起坐失次第,一日三四迁。步出北寺门,遥望西苑园。细柳夹道生,方塘含清源。轻叶随风转,飞鸟何翻翻。乖人易感动,涕下与衿连。……"按《三国志·魏书·王粲传》注引《文士传》:"太子尝请诸文学,酒酣坐欢,命夫人甄氏出拜。坐中众人咸伏,而桢独平视。太祖(曹操)闻之,乃收桢减死输作。"因此诗中说的"北寺",当是他被输作的地方。"西苑",是徐幹的住处,所以相望不能相见。徐幹《答刘桢诗》:"与子别无几,所经未一旬。我思一何笃,其愁如三春。虽路在咫尺,难涉如九关。陶陶朱夏别,草木昌且繁。"

按莛指草茎,以莛撞钟,指不能发声。曹植《赠白马王彪》诗,富有感慨,情谊也深。曹彪的答诗,过于简略,不相称。比作"以莛扣钟",还可说。刘桢《赠徐幹诗》亦有情谊,徐幹《答刘桢诗》,相差不远,比作"以莛扣钟",就不合了。《文心雕龙·明诗》:"王、徐、应、刘,望路而争驱。"以徐幹与刘桢并列。王士禛《香祖笔记》:"建安诸子,伟长实胜公幹,而嵘讥其'以莛扣钟',乖反弥甚。"

魏仓曹属阮瑀①　晋顿丘太守欧阳建②
晋文学应璩③　晋中书令嵇含④
晋河内太守阮侃⑤　晋侍中嵇绍⑥
晋黄门枣据⑦

元瑜、坚石七君诗，并平典不失古体。大检似。而二嵇微优矣。

阮瑀、欧阳建七位的诗，都是平稳质朴，不失掉古诗的风格。大抵相似。但嵇含、嵇绍两位稍好些。

①阮瑀(165?—212)：字元瑜，三国魏尉氏(今属河南省)人。为建安七子之一。为曹操司空军谋祭酒，管记室，徙为仓曹掾属。曾为曹操作书与韩遂，即在马上起草，曹操不能增损一字。明人辑有《阮元瑜集》。

②欧阳建(？—300)：字坚石，晋渤海郡(治南皮，在今河北省)人。官冯翊太守。《隋书·经籍志》称他为顿丘太守。为赵王司马伦所杀。

③应璩(190—252)：字休琏。三国魏汝南(在今河南省)人。官至侍中，著《百一诗》。此误作晋。

④嵇含(263—306)：字君道。晋谯国铚(今安徽宿县西南)人。官中书侍郎。此作"中书令"，疑误。

⑤阮侃：字德如，三国魏尉氏(今属河南省)人。官至河内太守。此作晋，误。

⑥嵇绍(253—304)：字延祖。晋谯国(今安徽亳县)人。嵇康子。官至侍中。晋惠帝在荡阴战败，绍为卫护惠帝，被害。

⑦枣据：字道彦。晋颍川长社(今河南长葛县西)人。官至黄门侍郎、太子中庶子。

魏阮瑀有《咏史诗》，咏荆轲的，称："燕丹善勇士，荆轲为上宾。图穷擢匕首，长驱西入秦。素车驾白马，相送易水津。渐离击筑

82

歌,悲声感路人。举坐同咨嗟,叹气若青云。"这首诗不如陶渊明
《咏荆轲诗》,自然以陶诗后来居上。魏应璩有《百一诗》:"散骑常
师友,朝夕进规献。侍中主喉舌,万机无不乱。尚书统庶事,官人
乘法宪。彤管珥纳言,貂珰表武弁。出入承明庐,车驾一何焕。三
寺齐荣秩,百僚所瞻愿。"诗较质朴。枣据有《杂诗》:"吴寇未殄灭,
乱象侵边疆。天子命上宰,作蕃于汉阳。开国建元士,玉帛聘贤
良。予非荆山璞,谬登和氏场。羊质服虎文,燕翼假凤翔。……"
这样写,缺乏鲍照那种激昂慷慨之气。阮侃有《答嵇康诗》二首,亦
可观。欧阳建为石崇甥,赵王司马伦杀石崇,建亦遇害。有《临终
诗》:"……上负慈母恩,痛酷摧心肝。下顾所怜女,恻恻心中酸。
二子弃若遗,念皆遘凶残。不惜一身死,惟此如循环。执纸五情
塞,挥笔泪汍澜。"亦皆质朴。嵇绍有《赠石季伦诗》:"……事故诚
多端,未若酒之贼。内以损性命,烦辞伤规则。屡饮到疲怠,清和
自否塞。……"所见亦庸俗。嵇含有《悦晴诗》:"劲风归巽林,玄云
起重基。朝霞炙琼树,夕影映玉芝。翔凤晞轻翮,应龙曝纤鬐。百
谷偃而立,大木颠复持。"诗似稍胜。

晋中书张载①　　晋司隶傅玄②
晋太仆傅咸③　　晋侍中缪袭④
晋散骑常侍夏侯湛⑤

孟阳诗,乃远惭厥弟,而近超两傅。长虞父子,繁富
可嘉。孝冲虽曰后进,见重安仁。熙伯《挽歌》,唯以造哀
尔。

张载的诗,是远远不如他的弟弟,却胜过傅玄、傅咸两位。傅
玄、傅咸父子,诗的内容繁多丰富可以赞美。夏侯湛虽说是后进,

83

被潘岳推重。缪袭的《挽歌》,只用来表达哀痛罢了。

①张载:字孟阳,晋安平(今河北安平)人。官至中书侍郎。明人辑有《张孟阳集》。

②傅玄(217—278):字休奕,晋北地泥阳(今陕西耀县东南)人。官至司隶校尉。著有《傅子》。

③傅咸(239—294):字长虞,傅玄子,官至司隶校尉。《晋书·傅咸传》无官太仆事,或有疏漏。

④缪袭(186—245):字熙伯,魏东海郡(治郯,今山东郯城县西南)人。官至尚书光禄勋。此作"晋侍中",误。

⑤夏侯湛(243—291):字孝若,谯(今安徽亳县)人。官至散骑常侍。按湛弟淳,字孝冲。下文称孝若为孝冲,误。

按《文心雕龙·才略》称:"傅玄篇章,义多规镜;长虞(傅咸)笔奏,世执刚中,并桢干之实才,非群华之韡萼也。……夏侯孝若,具体而皆微,……各其善也。孟阳(张载)景阳(张协),才绮而相埒,可谓鲁卫之政,兄弟之文也。"刘勰认为张载、张协兄弟,才华相等。陈延杰《诗品注》称:"孟阳《七哀》,亦何惭厥弟耶?"也不同意钟嵘的评论。刘勰又称傅玄父子为桢干之直才。而傅玄诗有《苦相篇》,同情当时妇女的苦难,称:"苦相身为女,卑陋难再陈。……女育无欣爱,不为家所珍。长大逃深室,藏头羞见人。垂泪适他乡,忽如雨绝云。……"又作《秦女休行》,歌颂烈女女休为父报仇,刺杀仇人投县自首。诗称:"烈著希代之绩,义立无穷之名。"诗以五言为主。他的诗既有思想性,又有风骨之美。傅咸的诗也不弱,如《赠何劭王济诗》:"……临川靡芳饵,何为守空坻;槁叶待风飘,逝将与君违。违君能无恋,尸素当言归。……"亦非不如张协。夏侯湛撰《周诗》,因《诗经》的《南垓》《白华》《华黍》《由庚》《崇丘》《由仪》六篇,有其义而亡其辞,湛为补亡,故称《周诗》。潘岳称:"此非徒温雅,乃别见孝悌之性。"按湛作《周诗》,是四言诗,钟嵘《诗品》

84

论五言诗,似不当列人。《文心雕龙·乐府》称:"缪韦所致,亦有可算焉。"刘勰认为缪袭改汉《朱鹭》等为《魏鼓吹曲》十二篇,亦为可观。《文选》卷二十八有缪熙伯《挽歌诗》一首。

晋骠骑王济①　晋征南将军杜预②
晋廷尉孙绰③　晋征士许询④

永嘉以来,清虚在俗。王武子辈诗,贵道家之言。爰泊江表,玄风尚备。真长、仲祖、桓、庾诸公犹相袭。世称孙、许,弥善恬淡之词。

(从晋怀帝)永嘉(301—313)以来,在世俗看重清谈。王济一班 人的诗,看重道家的话。于是到了东晋,讲玄谈的风气还具备。刘惔、王濛、桓温、庾亮诸公还在互相沿袭,世上称为孙绰、许询,极善写平淡的话。

①王济:字武子,晋太原晋阳(今山西太原)人。官至侍中。卒后追赠骠骑将军。
②杜预(222—284):字元凯,晋京兆杜陵(在今陕西长安县东南)人。官镇南大将军,率兵灭吴。著有《春秋左氏传集解》。
③孙绰(314—371):字兴公,晋太原中都(今山西平遥县西北)人。官至廷尉卿。以作《天台山赋》著名。
④许询:字玄度,高阳(在今河北省)人。辟司徒掾不就,故称征士。

按此论玄言诗。《文心雕龙·明诗》:"江左篇制,溺乎玄风,嗤笑徇务之志,崇盛亡机之谈。袁(宏)、孙(绰)以下,虽各有雕采,而辞趣一揆,莫与争雄,所以景纯仙篇(郭璞《游仙》诗),挺拔而为俊矣。"又《时序》:"自中朝贵玄,江左称盛。因谈余气,流成文体。是以世极迍邅，而辞意夷泰；诗必杜下（《老子》）之旨归，赋乃漆园（《庄子》）之义疏。"《诗品序》："永嘉时，尚黄、老，稍尚虚谈，于时篇什，理过其时，淡乎寡味。爰及江表，微波尚传。孙绰、许询、桓（温）、庾（亮）诸公诗，皆平典似《道德论》，建安风力尽矣。"这些都讲玄言诗。玄言诗用老子、庄子的理论来写诗，所以写得"理过其辞，淡乎寡味"。按王济诗五言只存两句，《答何劭诗》："计终收退致，发轨将先起。"是玄言诗。此外是四言诗。杜预诗不传，当是玄言诗，所以没传下来。刘惔、王濛二人诗也不传。古直《诗品笺》："按《晋书》曰：简文帝为会稽王时，尝与孙绰商略诸风流人物。绰言曰：'刘惔清蔚简令，王濛温润恬和，桓温高爽迈出。'又曰：桓温尝问惔：'会稽王谈更进邪？'惔曰：'极进，然故是第二流耳。'温曰：'第一复谁？'惔曰：'故在我辈。'又曰：'庾亮善谈论，性好庄、老。'以此证之，知桓、庾乃指桓温、庾亮诸人也。"按上称《晋书》，见《晋书·刘惔传》，又《王濛传》，又《庾亮传》。又按孙绰玄言诗，今可见者皆为四言，绰五言诗，著名的有《情人碧玉歌》："碧玉破瓜时（二八十六岁），郎为情颠倒。感郎不羞郎，回身就郎抱。"即非玄言诗。许询五言的玄言诗仅存两句：《农里诗》："亹亹玄思得，濯濯情累除。"陈延杰注："按江淹《杂体诗》，有《孙廷尉杂述》、《许征君自序》，足征孙、许有此二诗。就文通所拟观之，亦可知其似《道德论》，而弥善恬淡之词矣。"按江淹拟《孙廷尉绰杂述》："太素既已分，吹万著形兆。寂动苟有源，因谓殇子夭。"拟《许征君询自叙》："张子暗内机，单生蔽外象，一时排冥筌，泠然空中赏。"这里用《庄子·达生》讲的张毅养其外而病死，单豹养其内而被虎吃掉，即用庄子说的玄言诗。

晋征士戴逵[①]　晋东阳太守殷仲文[②]

安道诗虽嫩弱,有清上之句。裁长补短,袁彦伯之亚乎?逵子颙,亦有一时之誉。晋、宋之际,殆无诗乎!义熙中,以谢益寿、殷仲文为华绮之冠,殷不竞矣。

戴逵诗虽然稚嫩,有好的清新的句子。取长补短,是稍次于袁宏吧?戴逵子戴颙,也有一个时候的好声誉。晋、宋间,大概是没有诗吧!义熙中间,以谢混、殷仲文为绮丽诗作者首领,殷仲文是不能争胜了。

①戴逵(? —395):字安道,晋谯国(今安徽亳县)人。累征不就。
②殷仲文(? —407):陈郡(今河南淮阳县)人。曾为东阳太守。后以谋反伏诛。

按《诗品》有缺文,没有论戴逵语。陈延杰《诗品注》称:"余所藏明抄本《诗品》,载晋征士戴逵诗评,信可珍也。曩阅黄丕烈《士礼居臧书题跋记再续》引《吟窗杂录》,补戴逵所品语脱文,与明抄本所载全同,唯'上'作'工',与此为异。此亦一证也。亟补录之,以俟知者。"古直《诗品笺》见陈注而不取其补。今据陈注补。又戴逵及其子颙诗,均无考。殷仲文有《送东阳太守诗》:"昔人深诚叹,临水送将离。如何祖良游,心事屡在斯。虚亭无留宾,东川缅逶迤。"按以殷与谢混比,殷自不竞。

宋尚书令傅亮[①]

季友文,余常忽而不察。今沈特进撰诗[②],载其数首,亦复平美。

傅亮的诗，我常常忽略而不加考察。现在沈约编诗，载他的几首诗，也是平中见美。

①傅亮(374—426)：字季友，南朝宋北地灵州(在今甘肃灵武县)人。官至尚书令、光禄大夫。元嘉三年(426)诛。
②沈特进撰诗：《南史·沈约传》："寻加特进，迁中军将军、丹阳尹、侍中，特进如故。"特进是梁武帝封的。《隋书·经籍志》："《集抄》十卷，沈约撰。"或即此书。傅亮今存四言诗二首，五言诗二首。

宋记室何长瑜[①]　羊曜璠[②]　宋詹事范晔[③]

才难，信矣！以康乐与羊、何若此[④]，而□二人之辞〔一〕，殆不足奇。乃不称其才，亦为鲜举矣。

人才难得，确实了！凭谢灵运与羊曜璠、何长瑜为诗友，像这样，至于羊、何二人的文辞，大概不足为奇，是不称他的才华，也是少举了。

①何长瑜：南朝宋东海郡(治郯，今山东郯城县西南)人。与谢灵运、荀雍、羊璿之具为山泽之游，时称四友。后为临川王刘义庆记室参军。
②羊曜璠：名璿之，太山郡(治所在今山东泰安县)人。官临川内史，为司空竟陵王刘诞所用，诞败，坐诛。
③范晔(398—445)：字蔚宗。南朝宋顺阳(今河南淅川县东)人。官太子詹事。撰有《后汉书》。因参与孔熙先谋立刘义康，事泄被杀。
④谢灵运《登临海峤初发疆中作与从弟惠连见羊何共和之》，这里说，羊、何是谢灵运之友，诗作这样平凡。
〔一〕□二人之辞：曹旭校，二指羊、何二人。

88

按《诗品》此处有缺文，无对何、羊之评。陈延杰注："兹从明抄本《诗品》补录之。"古直《诗品笺》不用补录。就补录看，指何长瑜、羊曜璠与谢灵运为友，所成就不过如此，说明成才之难，又认为范晔的诗，与他的才华不相称。

宋孝武帝^①　宋南平王铄^②
宋建平王宏^③

孝武诗，雕文织彩，过为精密，为二藩希慕，见称轻巧矣。

宋孝武帝的诗，雕刻文藻，编织辞彩，过于细密，为两位藩王所羡慕，被认为轻巧了。

①宋孝武帝刘骏（430—464），字休龙，小字道民，南朝宋彭城（今江苏铜山县）人。文帝第三子，封武陵王，诛元凶刘劭，即帝位。
②宋南平王刘铄，字休玄，文帝第四子。
③宋建平王刘宏，字休度，文帝第七子。

按古直《诗品笺》称："《南史·王俭传》曰：'宋孝武帝好文，天下悉以文采相尚。'《文心雕龙·时序》篇曰：'孝武多才，英采云构。'按孝武帝诗，如《登覆舟山诗》：'层峰亘天维，旷渚绵地络。逢皋列神苑，遭坛树仙阁。'皆雕织之极者。"按称"层峰"为天的纲维，"旷渚"为地的绵络，皋野为神苑，坛坫为仙阁，皆极力赞美，而实浮泛不切，所以列入下品。《诗品笺》又称："按（刘）铄诗以拟古为佳，似学士衡（陆机），不出孝武也。《南史》曰：'休玄少好学，有文才，拟古三十余首，时人以为亚迹陆机。'"按刘铄《拟行行重行行诗》："眇眇陵长道，遥遥行远之。回车背京里，挥手从此辞。……愿垂薄暮景，照妾桑榆时。"是学陆机的拟古。刘宏诗无考。

宋光禄谢庄[①]

希逸诗气候清雅,不逮于王、袁[②]。然兴属闲长,良无鄙促也。

谢庄诗风格清新雅正,不及王微、袁淑。然而兴味幽闲,实在没有鄙陋局促。

①谢庄(421—466):字希逸。南朝宋阳夏(在今河南太康县)人。官至光禄大夫。以《月赋》著名。

②王、袁:王微、袁淑,钟嵘称谢瞻诗"殊得风流媚趣",称王、袁诗"可托后车",即亦有"风流媚趣"。

谢庄有《北宅秘园诗》,称:"夕天霁晚气,轻霞澄暮阴。微风清幽幌,余日照青林。……"可称清雅,但不及"风流媚趣"。

宋御史苏宝生[①]　宋中书令史陵修之
宋典祠令任昙绪[②]　宋越骑戴法兴[③]

苏、陵、任、戴,并著篇章,亦为缙绅之所嗟咏。人非,文才是愈,甚可嘉焉。

苏宝生、陵修之、任昙绪、戴法兴,都创作诗篇,也为士大夫所叹美讽咏。即使人品不好,但文才是好的,很可嘉奖。

①苏宝生:官至南台侍御史、江宁令。

②陵修之、任昙绪:未详。

90

③戴法兴:山阴(今浙江绍兴)人。官至越骑校尉。因执权日久,威行内外,孝武帝赐死。

按戴法兴在《宋书·恩倖传》所说"人非",指其人品不好,但诗写得还好,还可以嘉奖。四人诗均无考。

宋监典事区惠恭

惠恭本胡人,为颜师伯幹。颜为诗笔,辄偷定之。后造《独乐赋》,语侵给主,被斥。及大将军修北第,差充作长。时谢惠连兼记室参军,惠恭时往共安陵嘲调。末作《双枕诗》以示谢;谢曰:"君诚能,恐人未重,且可以为谢法曹。"造遗大将军,见之赏叹,以锦二端赐谢。谢辞曰:"此诗,公作长所制,请以锦赐之。"

区惠恭本是胡人,做颜师伯的属吏。颜作的诗文,往往私下改定它。后来作《独乐赋》,文辞侵犯供给他的主人,被斥退。大将军修筑北面的府第时,派他充当作长。这时谢惠连兼做记室参军,惠恭有时去共安陵嘲戏调笑。最后作了《双枕诗》给谢看。谢说:"你确实能作诗,怕人家不看重,姑且可以说是谢法曹的。"去送给大将军,大将军看了欣赏赞叹,拿锦二段赐给谢。谢推辞说:"这首诗,公的作长创作的,请把锦赐给他。"

齐惠休上人①　齐道猷上人②　齐释宝月③

惠休淫靡,情过其才;世遂匹之鲍照,恐商、周矣④。羊曜璠云:"是颜公忌鲍之文,故立休、鲍之论。"⑤康、帛二

91

胡⑥,亦有清句。《行路难》,是东阳柴廓所造。宝月尝憩其家,会廓亡,因窃而有之。廓子赍手本出都,欲讼此事,乃厚赂止之。

惠休诗浮靡,诗情超过他的诗才,世人便把他比做鲍照,恐怕商不敌周了。羊曜璠说:"是颜延之妒忌鲍照的诗,所以创立惠休比鲍照的议论。"康宝月、帛道猷两位胡人,也有清新的诗句。《行路难》,是东阳人柴廓创作的。宝月曾经休息在他家里,碰上柴廓死了,因此偷作自己作的。柴廓的儿子带了手稿本从京中出来,要控告这件事,宝月于是用丰富的贿赂来止制他控诉。

①惠休上人:姓汤,名惠休,字茂远,出家为和尚。宋武帝命他还俗,官至扬州从事史。按"齐惠休上人","齐"当作"宋"。
②道猷上人:吴人,生公弟子。宋孝武帝敕住新安,为镇寺法主。此称"齐道猷",齐当作宋。
③释宝月:齐武帝作《估客乐》,使乐府令刘瑶配乐,释宝月奏之,便就谐合。
④商、周:《左传·桓公十一年》:"师克在和,不在众。商、周之不敌,君之所知也。"
⑤颜公:《南史·颜延之传》:"延之每薄汤惠休诗,谓人曰:'惠休制作,委巷中歌谣耳。'"
⑥康、帛二胡:原作庾、白二胡。曹旭据《历代诗话》、《诗品诗式》、古直笺等改。权德舆《送清洨上人诗》:"佳句已齐康宝月。"白居易《沃州山禅院记》:"初有罗汉僧,西天竺人帛道猷居焉。"

按惠休上人五言诗,今存四首,如《扬花曲》:"葳蕤华结情,宛转风会思。掩涕守春心,折兰还自遗。"是写闺怨的诗。钟嵘可能认为和尚不应该写闺怨诗,所以称他的诗淫靡。其实这样的诗,诗人写的不少,都不算淫靡。江淹拟《休上人〈别怨〉》:"西北秋风至,楚客心悠哉！日暮碧云合，佳人殊未来……"也不是淫靡的诗。

齐高帝^①　齐征北将军张永^②
齐太尉王文宪^③

齐高帝诗，词藻意深，无所云少。张景云虽谢文体，颇有古意。至如王师文宪^④，既经国图远，或忽是雕虫。

齐高帝诗，文辞华藻，命意深沉，无所谓少。张永诗虽文体欠工，很有古意。至于像老师王俭，既然考虑治理国家的远大规划，或者忽略这些雕虫小技。

①齐高帝：萧道成（427—482），字绍伯，南朝南兰陵（今江苏武进县西北）人。在宋官至相国，封齐公。废宋称帝，建齐王朝。

②张永（410—475）：字景云，南朝宋吴县（今在江苏省）人。官至征北将军、南兖州刺史。此作"齐"误，当作"宋"。

③王文宪：王俭（452—489），字仲宝，南朝南齐临沂（在今山东省）人。官至中书令。卒后追赠太尉，谥文宪。

④王师文宪：《南史·钟嵘传》："齐永明中，为国子生。卫将军王俭领祭酒，颇赏接之。"因称"王师"。

按萧道成镇淮阴，为宋明帝所疑，被征为黄门郎，深怀忧虑。见平泽有群鹤，作《群鹤咏》："八风儛遥翮，九野弄清音。一摧云间志，为君苑中禽。"故称"词藻意深"。张永诗已失传。王俭有《春诗》："兰生已匝苑，萍开欲半池。轻风摎杂荔，细雨乱丛枝。"钟嵘因称他"忽是雕虫"。

齐黄门谢超宗① 齐浔阳太守丘灵鞠②
齐给事中郎刘祥③ 齐司徒长史檀超④
齐正员郎钟宪⑤ 齐诸暨令颜则⑥
齐秀才顾则心⑦

檀、谢七君，并祖袭颜延，欣欣不倦，得士大夫之雅致乎！余从祖正员尝云："大明、泰始中，鲍、休美文，殊已动俗；惟此诸人，传颜、陆体用，固执不如颜诸暨，最荷家声。"

檀超、谢超宗七君都效法颜延之，高兴而不厌倦，得到士大夫风雅的意趣吧？我的从祖正员曾经说："在大明、泰始中间，鲍照、惠休美好的诗，已经极吸引世俗；只有这些人，传授颜延之、陆机的诗体作用，但坚持执着不及颜则，最能继承家传的声誉。"

①谢超宗：陈郡阳夏（今河南太康县）人。官至黄门郎。
②丘灵鞠：吴兴乌程（在今浙江省）人。曾做浔阳相。
③刘祥：字显微，东莞莒（当属侨置，在今江苏武进县）人。为临川王骠骑从事中郎。
④檀超：字悦祖，高平金乡（在今山东省）人。
⑤钟宪：颍川长社（今河南长葛县西）人。官正员外郎。
⑥颜则：古直笺："案《南史》曰：颜延之子测，亦以文章见知，官至江夏王义恭大司马录事参军。颜则或即颜测，故曰'最荷家声'。"
⑦顾则心：一作顾恩，扬州主簿，善《易》。

按钟宪有《登群峰标望海诗》："苍波不可望，望极与天平。往往孤山映，处处春云生。差池远雁没，飒沓群凫惊。……"顾则心有《望廨前水竹诗》："萧萧丛竹映，澹澹平湖净。叶倒涟漪文，水漾檀栾(指竹)影。相思不会面,相望空延颈。……"两人的诗,写景都喜用对偶句。颜延之诗喜用对偶句,此即学颜延之体。

齐参军毛伯成^①　齐朝请吴迈远^②
齐朝请许瑶之^③

伯成文不全佳,亦多惆怅。吴善于风人答赠。许长于短句咏物。汤休谓远云:"我诗可谓汝诗父。"以访谢光禄,云:"不然尔,汤可为庶兄。"

毛伯成诗不全好,也多失意懊恼的话。吴迈远会写诗人的答赠诗。许瑶之会写短篇的咏物诗。汤惠休对吴迈远说:"我诗可以作你诗的父辈。"吴去访问谢庄,说:"不是这样,汤惠休可作庶兄。"

①毛伯成:古直笺引《世说新语·言语》注称:名玄,字伯成。颍川郡(治许昌,在今河南省)人。官至征西行军参军。

②吴迈远:古直笺引《南史·檀超传》称:"时又有吴迈远者,好为篇章,每作诗,得称意语,辄掷地呼曰:'曹子建何足数哉!'案史不言迈远为朝请,而《隋志》则云'宋江州从事《吴迈远集》',与《诗品》异。"

③许瑶之:古直笺:"按《玉台新咏》目录有许瑶之诗二首。"

按吴迈远,《宋诗》作:"曾任江州从事,好为篇章。宋明帝闻而召之。及见,曰:'此人联绝之外,无所复有。'宋元徽二年(474),坐桂阳之乱诛死。"有《棹歌行》:"十三为汉使,孤剑出皋兰。西南穷天险,东北毕地关。岷山高以峻,燕水清且寒。一去千里孤,边马何时还。……"按皋兰在甘肃,与燕水无涉,亦见其疏于地理。许瑶之有《咏柟榴枕诗》:"端木生河侧,因病遂成妍(木有瘿)。朝将云髻别,夕与蛾眉连。"所谓"长于短句咏物"。

齐鲍令晖[①]　齐韩兰英[②]

令晖歌诗,往往崭绝清巧。拟古尤胜,唯《百愿》淫矣。照尝答孝武云:"臣妹才自亚于左芬,臣才不及太冲尔。"兰英绮密,甚有名篇,又善谈笑。齐武谓韩云:"借使二媛生于上叶,则玉阶之赋,纨素之辞,未讵多也。[③]"

鲍令晖诗往往卓越清新巧妙,拟古更好。只有《百愿》诗淫荡了。鲍照曾经回答宋孝武帝说:"臣子的妹妹才华自然次于左芬,臣子的才华不及左思吧。"韩兰英诗绮丽严密,很有名篇,又善于谈笑。齐武帝对韩兰英说:"假使两位闺秀生在上世,那'玉阶苔'的赋,'齐纨素'的辞,不曾算好了。"

①鲍令晖:鲍照妹,有文才。
②韩兰英:吴郡(今江苏苏州)人。宋孝武帝时,献《中兴赋》,被聘入宫,宋明帝用为女官。齐武帝用为博士,教六宫书学。
③玉阶之赋:汉班婕妤《自悼赋》:"华殿尘兮玉阶苔。"纨素之辞:班婕妤《怨歌行》:"新裂齐纨素。"讵:曾。

按南朝《宋诗》有鲍令晖《拟青青河畔草诗》:"袅袅临窗竹,蔼蔼垂门桐。灼灼青轩女,泠泠高堂中。明志逸秋霜,玉颜掩春红。人生谁不别,恨君早从戎。鸣弦惭夜月,绀黛羞春风。"《百愿》诗佚。韩兰英有《为颜氏妇诗》:"丝竹犹在御,愁人独向隅。弃置将已矣,谁怜微贱躯。"

齐司徒长史张融[①]　齐詹事孔稚珪[②]

思光纤缓诞放,纵有乖文体,然亦捷疾丰饶,差不局

96

促。德璋生于封溪,而文为雕饰,青于蓝矣。

　　张融诗纡徐舒缓夸诞放纵,纵使有违反文体处,然而也敏捷丰富,比较不局促。孔稚珪在封溪令张融处生长,但诗作雕饰,青出于蓝了。

　　①张融(444—497):字思光,南朝齐吴郡(在今江苏省)人。官至司徒右长史。
　　②孔稚珪(447—501):字德璋,南齐会稽山阴(今浙江绍兴)人。官至太子詹事。

　　《南史·张融传》:"融《自序》曰:'我文章之体,多为世人所惊。夫文岂有常体,但以有体为常。'"即认为文体可变。但他的诗体还有一定。如《别诗》:"白云山上尽,清风松下歇。欲识离人悲,孤台见明月。"孔稚珪以《北山移文》著名。诗有《白马篇》:"……左碎呼韩阵,右破休屠兵。横行绝漠表,饮马瀚海清。……"有慷慨的音节。

齐宁朔将军王融[①]　齐中庶子刘绘[②]

　　元长、士章,并有盛才。词美英净。至于五言之作,几乎尺有所短。譬应变将略,非武侯所长,未足以贬卧龙。

　　王融、刘绘,都有丰富的文才。文辞美好英俊洁净。至于五言诗,几乎稍有短处。比方应变战略,不是诸葛亮所擅长,不能用来贬低诸葛亮。

①王融(467—493)：字元长，南齐琅琊临沂（侨置，在今江苏江宁县东北）人。竟陵王萧子良拔融为宁朔将军。谋立子良，下狱死。

②刘绘：字士章，彭城（今江苏徐州）人。官至太子中庶子。

齐仆射江祏① 祏弟祀②

祏诗猗猗清润；弟祀，明靡可怀。

江祏诗美好而清新滋润；弟祀诗，明细可念。

①江祏(shí 石)(？—499)：字弘业，济阳考城（在今河南省）人。官右仆射。

②江祀：字景昌，官南东海太守。兄弟以谋废立事被杀。

齐记室王屮① 齐绥远太守卞彬②
齐端溪令卞铄③

王屮、二卞诗，并爱奇崭绝，慕袁彦伯之风。虽不宏绰，而文体勤净，去平美远矣。

王屮和卞彬、卞铄的诗，都爱奇卓绝，羡慕袁宏的诗风。虽然不够宏大宽绰，但文体刊落干净，离开平凡多了。

①王屮(chè 彻)：原作王巾，据《文选考异》、《说文通释》改。字简栖，琅玡临沂（侨置，在今江苏江宁县东北）人。官征南记室。

②卞彬：字士蔚，济阴冤句（侨置，当在江苏省）人。官至绥建太守。

③卞铄：曾任丹阳主簿。好诗赋，多讥刺世人。

齐诸暨令袁嘏①

嘏诗平平耳，多自谓能。尝语徐太尉云："我诗有生

98

气,须人捉着,不尔,便飞去。"

袁瑕诗平平罢了,多自称能诗。曾经对徐太尉说:"我诗有生气,需要有人捉着,不这样,便会飞去。"

①袁瑕:陈郡(今河南淮阳县)人。官诸暨令。

齐雍州刺史张欣泰[1]　梁中书令范缜[2]

欣泰、子真,并希古胜文,鄙薄俗制,赏心流亮,不失雅宗。

张欣泰、范缜都羡慕古质,胜过文华,看不起世俗的制作,赞赏流丽清亮,不失古雅派。

①张欣泰:字义亨,竟陵(在今湖北省)人。官至雍州刺史。
②范缜:字子真,南乡舞阴(在今河南泌阳县西北)人。官至中书郎。

梁秀才陆厥[1]

观厥文纬,具识丈夫之情状[2]。自制未优,非言之失也。

看陆厥的文理,完全懂得文论家情态。自己创作未能优秀,不是讲理的话有缺失。

①陆厥(472—499):字韩卿,南齐吴郡吴(在今江苏省)人。举秀才,仕至后军行参军。
②丈夫:当指文论家沈约。厥与沈约论宫商书。沈约说:"自灵均(屈原)

99

以来,此秘未睹。"厥说:"但观历代众贤,似不都暗此处,而云'此秘未睹',近于诬乎?"

按陆厥有《邯郸行》:"赵女撷鸣琴,邯郸纷蹋步。长袖曳三街,兼金轻一顾。有美独临风,佳人在遐路。相思欲寒袵,丛台日已暮。"这首诗,似可取,不能说"自制未优"。

梁常侍虞羲[①]　梁建阳令江洪[②]

子阳诗奇句清拔,谢朓常嗟颂之。洪虽无多,亦能自迥出。

虞羲诗奇句清新挺拔,谢朓常常赞叹称颂它。江洪诗虽然不多,也能够特出。

①虞羲:字子阳,会稽余姚(在今浙江省)人,齐始安王引为侍郎。
②江洪:济阳(在今安徽怀远县)人,为建阳令。

梁步兵鲍行卿[①]　梁晋陵令孙察[②]

行卿少年,甚擅风谣之美。察最幽微,而感赏至到耳。

鲍行卿青年,很擅长风谣体的美好。孙察的诗最是幽雅微妙,是感动赞赏的情达到罢了。

①鲍行卿:官至步兵校尉。
②孙察:未详。